KB121205

로크미디어가
유혹하는
재미있는 세상

ROK
MEDIA
로크미디어

이것이 법이다

이것이 법이다 163

2023년 7월 17일 초판 1쇄 인쇄
2023년 7월 20일 초판 1쇄 발행

지은이 자카예프
발행인 강준규

기획 이기헌 왕소현 임동관 박경무 강민구 조익현
책임편집 최전경
마케팅지원 이원선

발행처 (주)로크미디어
출판등록 2003년 3월 24일
주소 서울시 마포구 마포대로 45 일진빌딩 6층
Tel (02)3273-5135 **Fax** (02)3273-5134
홈페이지 rokmedia.com **E-mail** rokmedia@empas.com

ⓒ 자카예프, 2015

값 9,000원

ISBN 979-11-408-0297-5 (163권)
ISBN 979-11-255-9575-5 04810 (세트)

이것이 법이다

163

자카예프 장편소설

ROK
MEDIA
로크미디어

CONTENTS

미다스는 한국에 있다.

그동안 미다스가 어디에 있는지는 누구도 알지 못했다. 그저 그가 존재하며, 막대한 돈과 영향력을 가지고 있다고만 알려져 있을 뿐이었다.

그런 미다스가 한국에 나타났다는 말은 전 세계를 발칵 뒤집었다.

그리고 그러한 정보에 전 세계의 모든 정보국이 달려들었다.

"어떻게 생각하나? 미다스가 진짜로 한국에 있을까?"

"공식 대변인인 노형진이 발표한 것인 만큼 90% 이상의 확률로 있다고 보입니다."

"거짓말일 가능성은?"

"그동안 노형진과 마이스터는 무의미한 행동은 한 적이 없습니다. 특히 미다스의 위치를 특정한 것은 처음 있는 일입니다. 분명히 뭔가 이유가 있을 겁니다."

영국. 한때 유럽의 종주국이었지만 지금은 유로를 탈퇴한 나라.

영국을 대표하는 정보국인 MI-6에서는 진지한 회의가 이어지고 있었다.

"역시 그렇겠지. 그런데 이해가 안 가는군. 왜 갑자기 한국으로 향한 걸까? 그간 미다스는 미국에 주로 머물지 않았나?"

공식적으로 미다스의 정체는 알려지지 않았다. 하지만 행동반경을 보면 대충 어느 나라 사람이라든가 어떤 생각을 하는 건지에 대한 판단은 할 수 있었다.

"현재 미다스에 대한 가장 큰 의문점은 그의 국적입니다. 미국인이냐, 아니면 한국인이냐."

평소 미다스는 전 세계를 무대로 활동하지만 주요 활동 지역은 미국이었다.

유럽에도 미다스가 있다는 정보가 있었지만 어지간한 정보국들보다 훨씬 실력이 좋다는 말이 사실인지 매번 놓치거나 흔적도 잡지 못했기 때문이다.

사실 그건 CIA에 놀아난 것이었다.

은폐하기도, 정치적으로 이용하기도 수월한 데다 겸사겸사 미국이 미다스와 좋은 관계를 유지하고 있음을 어필하고 싶다는 이유로 CIA가 고의적으로 미다스의 주요 활동 지역을 미국으로 설정했기 때문이다.

그 결과 공식적으로 '미다스의 위치'가 드러나 버린 것이고 말이다.

하지만 그간의 행동 패턴을 분석한 MI-6에서는 미다스가 미국인일 가능성이 높지만, 한국인일 수도 있다고 추측하고 있었다.

생활 반경이 거의 미국을 기반으로 하고 있다는 점, 대부분의 흔적이 미국에서 발견되었다는 점 때문에 미국인일 가능성에 무게를 두고는 있지만, 그의 행동이 한국에 우호적이거나 한국에 결과적으로 이득이 된 일이 여러 번 있었다는 점 때문에 한국인일 수도 있다고 생각한 것이다.

"어쩌면 둘 다 맞을지도 모르죠."

"둘 다?"

"한국계 미국인일 가능성도 분명 존재합니다."

"흠, 그럴 수도 있지. 확실히 미국은 인종이 엄청나게 많은 나라니까. 그나저나 이번에는 진짜 특이하군. 어째서일까?"

왜 미다스는 자신의 위치를 전 세계에 공개했을까? 그간의 정보에 따르면 절대로 있을 수 없는 일이다.

"심리학자들은 미다스가 극단적인 천재성을 가지고 있지만 동시에 심각한 정신 질환도 가지고 있을 거라고 추측하고 있습니다."

"실제로 그런 사람들이 있지 않나?"

"제법 많지요."

실제로 소수의 자폐아들은 어마어마한 능력을 보여 주기도 한다.

물론 국제시장을 판단하는 시선이나 가능성을 따지는 능력, 그리고 투자 가능성 판단 능력 등을 봤을 때 미다스가 자폐일 가능성은 없다.

"하지만 심각한 대인 기피증을 가지고 있을 가능성이 아주 크다는 게 일반적인 분석이죠."

전문가들은 미다스는 천재적이기는 하지만 대인 기피증이 있다 보니 사람들과의 관계를 만들지 않기 위해 떠도는 거라고 분석하고 있었다.

실제로 미다스가 있었던 곳에 가면 그가 있었다는 흔적은 볼 수 있지만 그가 만난 사람은 거의 없다는 걸 알 수 있었다.

그리고 거기에 있던 사람들은 미다스라는 존재가 있었다는 사실도 몰랐다.

"그리고 미다스는 미묘하게 반중국 성향을 가지고 있단 말이지."

"그러니까 더더욱 한국계 미국인일 가능성이 높다는 거죠."

한국만큼 중국을 싫어하는 나라는 그다지 많지 않다.

물론 그간의 수많은 사태들—중국의 스파이 행위나 코델09바이러스 등—로 인해 중국에 대한 전 세계 사람들의 감정은 부정적이다.

하지만 미다스처럼 직접적으로 반중국 성향을 사업에 드러내는 경우는 드물다.

중국은 돈이 많은 나라다.

그렇다 보니 미국뿐만 아니라 전 세계의 주요 기업들은 중국으로부터 버림받을까 봐 벌벌 떨면서 그들의 똥구멍을 빨아 주느라고 정신이 없었다.

오죽하면 인터넷에서 '샹량펑의 따뜻한 젖꼭지를 빤다'며 중국에 꼬리를 흔드는 기업들을 조롱하겠는가.

하지만 사회적으로 조롱받는 것과 별개로 중국은 전 세계에서 가장 강력한 힘을 가진 나라 중 하나다.

심지어 지금의 영국은 미국의 도움이 없으면 중국을 이길 수도 없다.

"그렇다면 더욱 이해가 되지 않는군. 그런 미다스가 왜 갑자기 중국 반도체에 투자한다는 거지?"

"미국과 뭔가 틀어진 게 있을 겁니다."

"미국과?"

"아마도 미국에서 미다스에게 뭔가 큰 실수를 한 게 아닐까요? 아시겠지만 미국 놈들은 자기들이 뭐든 알고 있다고 생각하지 않습니까?"

"그야 그렇지."

"그게 미다스의 신경을 긁었을 수도 있지요."

"그래서 미다스와 사이가 틀어졌다?"

"네. 미국에서 한국으로 위치를 이동한 데다, 비슷한 시점에 중국의 반도체 굴기에 올라탔죠. 국장님도 아시겠지만 지금 중국의 가장 강력한 약점은 바로 반도체입니다."

"그렇지."

자잘한 약점도 많지만 가장 핵심적인 약점은 바로 반도체다.

중국은 제대로 된 반도체를 만들어 본 적이 없다. 목 놓아서 반도체 굴기를 외치고 있지만 사실 성공 가능성 자체가 거의 없다.

원래 역사에서는 그나마 있었던 스파이 조직도 이번 역사에서는 노형진이 정보를 풀어 버리는 바람에 박멸되었으니까.

"만일 중국에 반도체 공급을 끊어 버린다면 무기에 관해서는 중국이 장기 전쟁 수행 능력을 잃어버릴 겁니다."

현대전의 무기에는 무조건 반도체가 들어간다. 반도체가 없는 무기란 있을 수가 없다.

물론 총이나 대포 등, 과거의 방식으로 굴러가는 수동식 무기는 반도체가 필요 없다.

하지만 사거리가 20킬로미터에 달하는 고정형 대포는 사거리 40킬로미터짜리 자주포로 박살 낼 수 있고, 사거리 40킬로미터짜리 자주포는 사거리 60킬로미터짜리 다연장로켓으로 박살 낼 수 있으며, 사거리 60킬로미터짜리 다연장로켓은 전투기나 헬기로 박살 낼 수 있는 게 현대전이다.

그리고 당장 자주포만 해도 차량에 반도체가 들어가는 데다 사거리가 늘어날수록 정밀도가 치솟아서, 현실적으로 반도체 없이 현대의 군대를 굴리는 건 불가능하다.

"하긴, 그게 중국의 가장 큰 문제이지."

확실히 반도체 문제를 해결하지 못하는 한 중국은 미국과다르게 반도체를 생산, 공급할 방법이 없으며, 그 결과 무기도 생산하지 못한다.

그들이 할 수 있는 건 마치 6.25 때처럼 총과 수류탄을 들고 밀물처럼 몰려오는 것뿐이다.

하지만 그건 현대전에서는 불가능한 방법이다.

총기를 비롯한 여러 무기들의 화력이 미친 듯이 강해진 데다, 우르르 밀려가고 싶어도 바로 앞에 네이팜으로 불의 강을만들어 두면 산 채로 구워지는 것 말고는 방도가 없으니까.

당장 중국은 미국의 해상력을 따라잡겠다면서 미친 듯이군함을 제조하고 있다.

그런데 반도체가 없으면? 레이더도 없고 미사일도 없다.

반도체가 없는 상황에서 중국이 제작할 수 있는 선박은 2차대전 초기처럼 구형 레이더에 거대한 포가 놓여 있는 배뿐이고, 그걸로는 현대의 구축함 하나도 못 잡는다.

"반대로 말하면, 반도체 공장만 세워진다면 중국은 장기전이 가능해진다는 소리지."

미친 듯이 인간을 갈아 넣으면서 전 지역에서 자원을 수탈

하여 충당할 거다.

"미국에서 동의를 안 해 줄 텐데요?"

중국의 반도체 생산 불가 문제는 단순히 중국만의 문제가
아니다.

미국에 대립각을 세우는 나라는 중국 말고도 많다. 러시아
도, 사우디도, 이란도 있다.

"동의를 안 해 준다고 해도 돈은 많은 걸 이뤄 줄 수 있으니
까. 당장 반도체 설계도 결국 돈으로 해결할 수 있을 테고."

반도체 제작에 필요한 수많은 정밀 기술? 그것도 결국은
돈으로 해결할 수 있는 문제다.

물론 그걸 정상적으로 집행했을 때의 이야기지만.

중국의 가장 큰 문제는 돈이 아니다.

그들은 충분한 돈이 있으며, 그 돈으로 외부에 있는 전문
가들과 기술자들을 데리고 올 수 있다.

가장 큰 문제는 그들에게 신의와 신념이 없다는 거다.

외부에서 데려온 사람의 뒤통수를 치는 건 거의 전통 수준이
되어 버려서, 진짜 재능 있는 사람들은 가려고 하질 않는다.

애초에 나라를 배신하고 중국으로 가는 건 오직 돈을 벌기
위해서다.

그런데 길어 봤자 5년, 짧으면 1년 안에 돈도 주지 않은 채
기술만 쏙 빼 먹고 쫓아낸다면 누가 가려고 하겠는가?

더군다나 투자한다고 해도 그 돈의 대부분을 중간에서 다

해 먹는 게 현재 중국의 실상이다.

"하지만 미다스가 끼어들면 이야기가 달라지죠."

부패? 과연 마이스터에서 돈을 해 처먹으려고 한 놈이 없었을까?

하지만 누구도 성공하지 못했다.

어떻게 아는 건지는 모르겠지만 미다스는 부패에 관해서는 칼같이 알아낸다.

"그러니까 미국과 관계가 틀어져서 중국에 손을 내미는 게 가장 가능성이 높다는 건데……."

심지어 심리적 분석과 다르게 미다스는 직접 나서고 있다.

그건 미국과의 사이가 정말로 안 좋아져서, 기존에 미국과 이어 주던 세력인 부하들마저 불신하고 있다는 증거로도 볼 수 있다.

"잘만 하면 우리 영국으로 데리고 올 수 있지 않을까?"

"가능할지도 모릅니다."

대영제국. 해가 지지 않는 나라.

그러나 이제는 역사책에서나 언급되는 이름이자 유로에서 탈퇴한 힘없는 나라일 뿐이다.

영국이 다시 하늘로 올라가기 위해서는 무엇보다도 큰돈과 힘 그리고 기술이 필요하다.

"어떻게 해서든 찾아봐."

MI-6는 그렇게 결정했다.

그리고 그런 결정을 내린 나라는 영국만이 아니었다.

⚖️

"이게 뭔 난리야?"

국정원 역시 난리가 났다.

전 세계에서 몰려드는 엄청난 숫자의 정보국 요원들 때문이었다.

심지어 그들은 신분을 감추고 오지도 않았다.

감출 이유가 없었다. 그들은 불법행위를 하러 오는 게 아니었으니까.

도리어 대사관을 통해 정식으로 외교관 패스를 받아서 입국하고 있었다.

"영국에 프랑스, 러시아에 이탈리아에 일본 새끼들까지? 도대체 왜 이래? 뭔 일 난 거야?"

국정원장은 정신이 아찔해졌다.

자신이 모르는 사이에 뭔 일이 터지기라도 했단 말인가?

한국 내에서 뭔 일이 터졌는데 국정원장이 모른다?

그렇잖아도 가루가 되도록 까이는 상황이다.

현 대통령은 국정원에 실망을 넘어서 절망하는 수준이었고, 다른 나라들처럼 국정원은 아예 해외 라인을 전담시키고 국내는 별도의 담당 부처를 만드는 형태로 개편할 거라고 공

공연하게 말하고 있었다.

아무리 레임덕이 왔다지만 국정원이 저지른 범죄 사실이 언론에 공개되어 도저히 국정원 개편을 막지 못할 거라고 생각되는 상황이었기에 이번에도 이유조차 모르면 진짜 답이 없었다.

"이유 아는 거 있어?"

"그게…… 미다스가 한국에 있다는 것 때문이라는 소문이……."

"소문? 이 새끼들아, 너희 국정원이야! 한국 정보를 관리하는 사령탑이라고! 그런데 소문? 소오문?"

국정원장은 기가 막혔다.

아무리 털어 내고 있다지만 소문이라니? 국정원 요원이 정보도 아닌 소문을 언급하다니, 어이가 없어서 말이 안 나올 지경이었다.

그 말에 이리저리 시선을 돌리는 팀장들과 국장들.

"원장님, 저희도 지금 자리에 올라온 지 얼마 안 되어서……."

"끄응……."

그건 이해는 한다. 국장과 팀장급이 대대적으로 물갈이되었으니까.

단순히 물갈이된 수준이 아니다. 태반이 주소를 교도소로 옮겼다. 인수인계도 제대로 이루어지지 않았다.

"아는 거 있는 사람 있어? 단순히 미다스가 있다는 이유만으로 이렇게 몰려온다는 게 말이 돼?"

분석 팀까지 개박살 난 상황이라 단순한 분석도 제대로 못 하는 게 현재 국정원의 현실.

하지만 아예 정보가 바닥난 건 아니었기에 제3팀의 팀장이 조심스럽게 입을 열었다.

"미다스가 중국에 투자한다는 소문이 돌면서 미국과의 사이가 단단히 틀어졌다는 이야기가 있습니다."

"미국과 사이가 틀어져?"

"그렇습니다. 그래서 각 나라에서는 이번 기회에 자국으로 미다스를 데리고 갈 수 있지 않을까 생각하는 듯합니다."

"미친! 그걸 아무도 몰랐다고?"

"……."

여전히 꿀 먹은 벙어리가 되는 인간들을 본 국정원장은 숨이 막힐 것 같았다.

'돌아 버리겠네.'

유능한 놈들은 부패했고, 부패하지 않은 놈들은 세상 물정을 모르는 자들뿐이다.

"그래, 일단 그게 사실이라고 치고. 그러면 우리는 어떻게 해야 해?"

"일단 미다스를 찾는 게 우선일 거라고 생각합니다."

"한국에 있다면서?"

"한국에 있다지만 누구인지는 모릅니다."

"끄응."

"그리고 우리가 못 찾으면 여러모로 곤란해질 수밖에 없다고 생각합니다."

3팀장은 눈치를 살피며 말했다.

그도 나름 능력이 있는 사람이지만 위에 쟁쟁한 국장과 팀장들이 있는데 자기가 말을 꺼내는 게 부담스러울 수밖에 없었다.

어찌 되었건 국정원도 회사니까.

아니, 국정원이기에 더 위험했다.

상사와 정치적 라인이 다르거나 상사보다 능력이 뛰어나다는 이유로 하얀 방 고문을 받고 정신병원에 갇혀 버리거나, 아니면 어디선가 마티즈에 번개탄을 피우고 자살당할 수 있으니까.

아니나 다를까, 3팀장이 입을 열자 정치적 라인이 다른 몇몇이 슬며시 눈을 부릅뜨는 게 보였다.

하지만 이 자리에는 국정원장도 있었다.

"이 새끼들이 아직도 정신 못 차렸네? 너희도 뒈져 볼래? 어? 영혼까지 한번 털어 줘? 너희가 잘해서 거기에 올라왔어? 이 새끼들아, 눈 깔아!"

확실히 그들이 그 자리에 올라온 건 능력이 뛰어나기 때문이 아니었다.

상부가 대대적으로 물갈이되고 나니 인원이 너무 부족해

겼고, 정치적 라인이고 뭐고 따질 겨를도 없이 승진시켜 자리를 메운 것뿐이었다.

사실 애초에 국정원은 특정 정당을 지지하는 정치 라인이 꽉 잡고 있기 때문에 그들을 빼면 국정원 자체가 사라지는 수준인지라 그들을 배제할 방법이 없었기도 하고 말이다.

"3팀장, 빨리 말해. 시간 없어."

"네, 제 생각에는 미국과의 사이가 틀어진 상황이라면 우리도 안심할 수는 없다고 생각합니다."

"이유는?"

"미국은 한국과 동맹입니다. 만일 미국과 미다스의 관계가 틀어진 거라면, 그래서 제 예상대로 중국과 손잡는 거라면 미국은 한국을 통해 미다스를 컨트롤하거나 하다못해 화해라도 하려고 할 가능성이 큽니다."

"어째서?"

"미다스가 그간 한국에 보여 준 애정이 있으니까요."

"으음……."

"그런데 그게 실패할 경우 미다스가 한국에 손절을 치거나 미국에서 압력을 행사하거나, 최악의 경우 미다스가 한국의 정치판을 까뒤집을 가능성도 무시 못 합니다."

실제로 미다스가 자신에게 정치자금을 요구한 정치인들의 지역구를 박살 내는 형태로 한국의 정치판을 뒤흔든 게 한두 번이 아니었기에 누구도 미다스에게 정치자금 좀 내놓으라고 입을 털지 못했다.

"상황에 따라서는 친미 성향 정치인들에 대한 대대적인 공격도 불사할 수 있습니다."

"정치인들 대부분이 그런 거 아니야?"

"그건 그렇습니다만 다 그런 건 아닙니다. 아시겠지만 중국으로부터 은밀하게 돈을 받아 처먹은 놈들이 어디 한두 명입니까?"

"후우~."

대부분의 정치인들은 입으로는 친미를 외치면서 몸으로는 친중을 외친다.

사람들은 중국보다 미국을 좋아하지만 자기들 주머니를 채워 주는 건 미국이 아닌 중국이니까.

그런데 그들을 향한 공격이 시작되었으니 살기 위해서라도 한쪽을 골라야 하는데, 그들의 욕심을 생각하면 중국을 선택하면 선택했지 미국을 선택하지는 않을 거다.

"끄응."

생각보다 심각한 문제에 국정원장은 눈을 찡그렸다.

"지금부터 비상이다. 무슨 수를 써서라도 미다스를 찾아. 다른 것보다 최우선으로 찾아!"

"다른 나라에서 찾는 것도 막아야 합니다."

"가능하겠어?"

그 질문에 다시 아무 대답도 하지 않는 부하들을 보며 국정원장은 긴 한숨을 내쉬었다.

"그래, 내가 뭘 기대하겠냐."

그는 할 말이 없었다.

"전 세계에서 한국으로 많은 사람들이 들어오고 있더군. 특히 나한테 각국 대사관에서 연락이 많이 오던데?"

송정한은 피식 웃으며 말했다.

"당연하지요. 미다스와 친한 사람을 우선으로 수색할 테니까요."

공식적으로 미다스의 인간관계는 협소하기 그지없다. 대부분의 업무를 대리인을 시켜서 처리한다.

노형진이 공식 대리인이지만 노형진이 처리하지 못하는 일은 그의 대리인을 시켜서 처리하는 경우가 많다.

그렇다 보니 그를 찾기는 더더욱 힘든 건 당연한 일.

그런 상황에서 그를 추적하기 위해서는 가장 가까이에 있는 사람부터 수색하는 게 어떻게 보면 너무나 당연한 일이다.

"자네 말대로 되는 모양이군. 전 세계에서 관심을 가지고 모여들고 있어. 다만 그놈들의 활동이 움츠러든 건 아닌 것 같은데 말이지."

송정한은 고개를 갸웃했다.

그도 그럴 게, 자신이라면 이런 상황에서는 어떻게 해서든 활동을 축소하고 모습을 감추려 할 것이기 때문이다.

하지만 어째서인지 그들은 더더욱 적극적으로 활동하는 것처럼 보였다.

"어떤 면에서요?"

"그, 일부 국회의원들과 정치인들이 더더욱 적극적으로 주변 사람들에게 투자를 종용하고 있네. 실제로 투자금이 벌써 3천억이나 모인 모양이야."

"벌써요?"

"다른 사람도 아닌 미다스잖나? 미다스가 전면에 나서는 경우는 거의 없으니까 어떻게 해서든 손을 잡고 싶겠지."

"아무리 그래도 그렇지, 벌써 3천억이라니! 설마 그걸 넘겨준 건 아니죠?"

"그건 아니지."

정확하게는 투자자 모임을 만들어서 투자금을 유치하기는 했지만 넘겨준 건 아니다.

그 정도 금액을 아무리 상대방이 미다스라지만 '믿습니다.' 라고 하면서 아무런 확신도 없이 던져 버릴 수는 없으니까.

당연히 정식으로 투자 약정서를 만들어야 하고, 그러기 위해서는 중국에 대한 실사가 어느 정도 끝나야 한다.

"뭐, 그 와중에 안에서 조금씩 해 처먹는 모양이지만."

"원래 인간이란 그런 거죠."

활동비니 업무 추진비니 하면서 일부 정치인들이 슬금슬금 예산을 유용하는 흔적이 발견되고 있기는 하지만 그건 이쪽에서 막을 수 있는 일이 아니었다.

"그거야 나중에 그쪽에서 알아서 할 문제고. 그리고 문제는 또 있네."

"또요?"

"공식적으로 미다스에게 투자하겠다고 모인 조직이 세 곳이야."

"네?"

이건 또 뭔 소리란 말인가?

그리고 그 사정을 모두 들은 노형진은 자신도 모르게 고개를 절레절레 흔들 수밖에 없었다.

"세력별로 하나씩 구분되었다네."

자유신민당을 기준으로 하나, 그리고 민주수호당을 기준으로 하나, 마지막으로 정부 쪽 인사들을 기준으로 하나.

"설마 세 곳이 각각 3천억은 아니죠?"

"다행히 아니라네."

지금까지 모인 투자금은 각기 1천억대이고, 세 군데 모두 합해서 3천억이라고.

투자 초기이고 미다스가 한국에 있다고 소문난 상황이라서 투자하려고 하는 사람들의 숫자가 엄청났다.

"그러면 그 후에 몰려든 사람들은요?"

"안 받고 있네."

"못 받고 있는 게 아니고요?"

"자네는 투자를 받아 주는 입장이 아니니 잘 모르겠군."

송정한은 쓰게 웃으며 말했다.

그럴 수밖에 없다. 노형진이야 투자가 필요하면 자기 돈으로 하면 되니까.

물론 미다스가 아닌 마이스터는 투자회사로서 외부의 투자를 받고 있지만, 그건 마이스터의 업무 영역이지 미다스가 할 일은 아니다.

"때로는 투자를 받지 않는 경우도 있다네."

"네? 이해가 되지 않는데요. 이건 지분이 달린 것도 아니지 않습니까?"

지분이 달린 회사는 투자받는 조건으로 지분을 넘겨줘야 하는 경우가 많기 때문에 투자를 거부하는 경우가 생각보다 많다.

하지만 이번 경우는 지분을 넘겨받는 게 아니다.

도리어 회사가 생기지 않았기 때문에 투자금이 많을수록 지분이 더 늘어나는 상황이다.

아무리 중국이 개판이라고 해도 자국 내 회사에 대한 지분을 무시할 수는 없다.

마스크 공장은 비상시라는 이유로 국유화가 가능했을지 모르지만 다른 것도 아닌 반도체 공장을 국유화해 버린다?

전 세계의 어떤 나라도 절대로 중국에 투자하려고 하지 않을 거다.

투자라는 명목으로 수십조 원을 집어넣어도 국유화라는 말 한마디면 통째로 중국 정부에서 다 가지고 갈 수 있으니까.

마스크 공장 국유화라는 일 하나만으로도 대중국 투자가 바닥을 뚫었는데, 반도체 공장을 국유화한다면 투자금 전부가 빠져나가고도 남을 일.

그러니 어떻게 보면 상대적으로 안전한 투자인 만큼 투자 금액이 많아질수록 이쪽이 유리해진다.

"그런데 왜 안 받는다는 거죠?"

"자기들이 갑질을 하겠다 이거지."

"갑질?"

"사람들은 투자하는 사람이 갑이라고 생각하지만 때때로는 반대인 경우가 있다네."

투자하고 싶은 대상이 투자를 받지 않겠다고 하면 그때는 투자받는 대상이 갑이 된다.

특히나 그 사업이 안정적으로 많은 돈을 벌어들일 수 있는 투자처라면 더더욱 그렇다.

"실제로 그런 방식으로 갑질을 하는 놈들도 제법 많고."

"기가 막히는군요."

그렇게 갑질을 하는 이유는 간단하다.

돈도 돈이지만 상대방이 자신을 감시하는 일을 만들고 싶지 않기 때문이다.

돈을 어마어마하게 투자하는 사람은 그 자금이 유용되는 것을 막고 싶어 하기에 감사 권한 등을 요구하는 경우가 많다.

그리고 그건 투자받는 사람이 다급하면 거부할 수가 없다.

그러나 반대로 이쪽이 받지 않으면 그만이라고 하면?

"그러니까 자기들끼리 해 처먹을 돈을 좀 챙기고 싶으니까 입 닥치고 돈 내놔라, 그런 느낌이군요."

"맞아."

노형진은 그 말에 고개를 절레절레 흔들었다.

이 상황에서도 어떻게든 해 처먹으려고 한다는 게 이해가 가지 않았다.

"용케 우리국민당 소속은 없네요?"

"내가 있으니까."

송정한이 미다스와 친하다는 소문은 워낙 유명하다 보니 그쪽에서는 우리국민당 소속 의원이 접근하는 걸 꺼리기도 하고, 일부 투자를 원하는 사람도 우리국민당 내부에 새로운 조직을 만들기보다는 자신이 원래 있었던 자유신민당이나 민주수호당에다가 어떻게 해서든 선을 만들어 보려고 하는 눈치였기에 다행히 우리국민당에는 외부에 드러난 직접적인 투자 모임이 없었다.

"그런데 이 상황에서 더욱 적극적으로 홍보하는 게 이해가 안 가. 이러면 걸릴 텐데 말이야."

그 말에 노형진은 고개를 흔들었다.

"현재 적극적인 건 가짜 미다스가 아닐 겁니다."

"가짜 미다스가 아니라고?"

"네. 가짜 미다스는 도리어 꼬리를 말고 싶을 겁니다. 하지만 주변에서 그렇게 하도록 두지 않을 테고요."

중국에서 온 것으로 의심되는 가짜 미다스다.

그 가짜 미다스는 지금 기분이 묘할 거다. 그러니 자연스럽게 움츠러들어야 정상이다.

하지만 다른 사람들은 어떨까?

은밀하게 움직이고 있었다지만 어찌 되었건 자신이 미다스와 선이 있다고 확신할 거다.

왜냐하면 한국에 미다스가 있고, 중국의 반도체 굴기에 맞춰서 막대한 투자를 할 계획이라고 공식적으로 노형진이 발표했으니까.

"그러면 그들은 어떻게 하겠습니까?"

"적극적으로 활동하겠군."

자신이 미다스와 친하다. 미다스와 관계를 맺고 있다.

그렇게 어필하고 싶을 테고, 당연히 그렇게 함으로써 세력을 만들고 그 세력의 규모에 비례해 그들의 힘도 강해질 거다.

"정치판에서는 그게 미래죠. 그리고 가짜 미다스는 그걸 막을 수 없습니다. 그러면 의심할 테니까요."

"그러면 적극적으로 활동하는 건 미다스가 아니라 그에게 속아 넘어간 패거리다 이거군?"

"맞습니다. 저는 그걸 노린 거고요."

"그걸 노렸다고?"

"네."

"어째서?"

"미다스는 송 의원님에게 접근하지 않았지요."

공식적으로는 송 의원조차도 미다스가 한국에 있었다는 걸 몰랐다.

그렇다면 미다스를 찾는 각국 정보부 요원들의 시선은 어디로 향할까?

"중국의 가짜 미다스는 은밀하게 움직이는 게 가능하겠지요. 하지만 그에게 넘어간 놈들도 그게 가능할까요?"

당연히 그들의 주장이 있으니 정보국에서는 그들에게 접근할 거다.

"하지만 그들은 미다스에 대해 말하지 않을 텐데."

"압니다. 그리고 그것도 제가 원하는 바고요."

인간은 실질적인 피해를 당해 봐야 나중에 같은 실수를 하지 않는다.

종종 사람들은 선처가 모든 것을 해결하는 마법의 키워드라고 생각한다.

용서와 선처가 반성을 이끌어 낼 거라고.

하지만 노형진의 경험상 사람에게 반성을 이끌어 내는 건 용서와 선처가 아니라 처벌과 후회다.

자신이 저지른 짓에 따른 처벌, 그리고 그로 인한 후회를 해야 사람은 반성하지, 선처를 받으면 많은 범죄자들이 다음 번에도 똑같이 선처를 받을 거라 기대한다.

"그리고 그건 스스로가 스스로에게 내리는 처벌이 될 테니까요."

노형진은 웃으며 말했다.

"이런 젠장!"

창룡은 위에서 내려온 명령에 당혹감을 감출 수가 없었다.

"왜 그러십니까, 창룡 동지."

"위에서는 작전을 속행하란다."

"속행요?"

"그래."

그 말에 부하들은 당혹감을 감추지 못했다.

속행이라니.

심지어 옆에 있던 소구태 역시 말도 안 된다는 듯 외쳤다.

"제정신입니까? 이 상황에서요?"

전 세계의 모든 정보국에서 미다스를 찾기 위해 한국에 들어와 있다. 그리고 자신들은 미다스라고 스스로 떠들고 다녔다.

까딱 잘못하면 추적이 자신들에게 쏠릴 수 있다.

그런데 이 위험한 짓거리를 계속하라니?

"어찌 되었건 미다스가 한국에 있는 건 사실이니 그들은 진짜 미다스를 추적할 거라고 생각하는 모양이야."

"아니, 그게 말이 됩니까? 설사 그렇다고 해도 이건 멈춰야 합니다!"

일부 부하들이 언성을 높였지만 창룽은 소리를 버럭 질렀다.

"그만! 우리는 당에 충성한다는 것을 잊었나!"

"……"

그 말에는 많은 것이 내포되어 있었다.

당을 위해 충성한다.

당과 조국이 아니라, 오로지 당만을 위해서.

이게 그들의 신념이었다.

이게 틀어져서 중국이 피해를 입는 건 중요하지 않다. 어떻게 해서든 당이 살아남는 게 우선이다.

"위에서 속행 명령이 떨어진 이상 우리는 계속 속행한다. 알았나?"

"네, 동지."

물론 창룽도 속이 편하지는 않았다.

'중국이 위험하기는 한 모양이야.'

아무리 잘 감춘다고 해도 상대가 정보국 요원들인 만큼 남들이 모르는 것도 알고 있을 수밖에 없다.

그럼에도 작전을 속행해야 할 정도로, 현재 중국은 상당히 위험한 상황이었다.

원래 역사보다 훨씬 경제가 안 좋아지는 바람에 기업들이 더 많이 빠져나갔다.

게다가 원래 중국에 자리 잡았어야 하는 수많은 기업들이 노형진이 인도에 만든 공장 지대로 빠져나갔다.

그런데 인도에서는 1년간의 교육 기간 동안 철저하게 노동자로서 교육받고 상위 계층으로 갈 수 있는 기회를 노리는 사람만이 들어갈 수 있기 때문에 중국처럼 정부를 등에 업고 기업에 갑질을 하는 사람이 없었고, 인건비도 중국보다 싸다 보니 한때 세계의 공장이었던 중국은 인도에 자리를 빼앗기며 빠르게 몰락하고 있었다.

'미국과 대립하면 안 되는데.'

거기다 무슨 생각을 한 건지 중국은 군사 굴기를 외치면서 미국을 꺾겠다고 대놓고 떠들고 있었기에 미국으로부터 더더욱 가열차게 공격받고 있다.

'아직은 이른데.'

하지만 일선의 전문가들이나 요원의 생각과 다르게 중국 공산당은 자신들의 힘이라면 미국을 전복, 나아가 정복할 수 있다고 확신하고 있었다.

단 하나, 반도체 문제만 해결하면 말이다.

이번 일도 바로 그걸 위해 계획한 거다.

"이거 진짜로 해야 합니까?"

소구태는 꺼림칙한 얼굴로 물었다.

아무리 자신이 코뚜레에 꿰인 상황이라지만 이런 병신 같은 짓을 정말 해야 하나 하는 고민이 들었다.

하지만 그에게는 선택지가 없었다.

"물론 안 할 수도 있지."

"역시 그렇지요?"

"그렇게 되면 우리가 철수할 때 보안을 위해 너를 처분해야겠지만."

무섭게 노려보는 창룽의 눈빛에 소구태는 자신도 모르게 오줌을 찔끔 쌌다.

그 눈빛은 절대로 거짓이 아니었던 것이다.

그리고 중국에서 사기를 치면서 중국에서 목숨이 얼마나 가볍게 취급되는지 누구보다 잘 알고 있던 그는 안 한다는 소리를 할 수가 없었다.

"네, 해야지요. 그럼요."

그런 소구태를 보면서 창룽은 마음 한편에 피어오르는 걱정을 지울 수가 없었다.

⚖

고민으로 가득한 가짜 미다스 쪽과 다르게 공교립 의원 쪽은 신이 났다.

너도나도 공교림을 찾아와서 어떻게 해서든 투자 좀 하게 해 달라고 매달리고 있었으니까.

"공 의원, 이거 우리 집에서 100년근 산삼으로 만든 50년 묵은 산삼주야."

"어허, 뭘 이런 걸 다."

"아니, 공 의원쯤 되면 이런 거 먹어야지. 건강을 챙겨야 지 큰일을 할 거 아닌가?"

"그럼요, 그럼요."

'내가 이 맛에 정치를 못 끊지.'

서울에서 고작 사채꾼 노릇을 할 때는 이런 일이 없었다.

그도 나름 돈이 있었고 많은 사람들이 돈을 빌려 달라며 굽실거렸지만, 진짜 쩐주들에게는 비벼 볼 수도 없었다.

음지에서 쩐주로 활동하는 놈들은 수천억대 자산을 보유 한 사람들이었으니까.

그런 놈들은 그를 무시했다.

'하지만 이제는 아니지.'

그는 국회의원이 되었다.

1선 때까지만 해도 무시하던 놈들이 3선이 된 지금에 와서 는 굽실거리기 바빴다.

특히나 자신에게 미다스라는 선이 생기고 나서는 어떻게 해 서든 투자할 수 있게 해 달라고 굽실거리느라 정신이 없었다.

이것이 병이다

"그, 미다스와 한번 만나고 싶은데 말이지."

"아니, 박 회장님. 그거는 무리인 거 아시지 않습니까? 미다스는 아무나 안 만납니다!"

공교림은 '아무나'라는 말에 특히 힘을 줬다.

자신은 그 아무나가 아니기 때문이다.

"그거야 그런데……."

"물론 투자를 원하시면 받아들일 수야 있겠지요. 하지만 미다스는 사람을 만나는 걸 꺼립니다. 그 사실을 모르시지는 않을 텐데요?"

"알지, 암."

미다스가 대인 기피증이 있다는 소문은 거의 정설이 되고 있었다.

돈이 있고 권력이 있는 사람이다.

만일 소구태에게 그 정도 권력과 돈이 있었다면 매일같이 여자를 바꿔 가며 화려하게 살았을 것이다.

그러나 미다스는 사람을 만나는 것 자체를 꺼렸기에 그런 일도 없었다.

당연하게도 세간에서는 대인 기피증 말고는 이유가 없다고 생각했다.

"저도 진짜 미다스를 만날 때는 목숨 걸고 만난다 이겁니다."

"설마 그 정도라고?"

"농담 같습니까?"

이건 거짓말이 아니었다.

실제로 미다스와 만날 때 공교림은 경호원들에게 감시당했는데, 오랫동안 사채놀이를 한 공교림은 그들이 사람을 죽여 본 적이 있는 '진짜'라는 걸 느낄 수 있었다.

"그래도……."

"정 원하시면 그 비서를 불러 볼 수는 있을 겁니다."

"비서?"

"네. 미다스가 사람을 기피하는 탓에 투자 이야기를 할 수가 없어서요."

천재성은 있지만 심각한 대인 기피증으로 인해 긴 이야기는 할 수가 없는 게 미다스다.

정확하게는 중국 정보 조직이 그렇게 분석해서 소구태가 그대로 연기한 거지만.

"그래서 실무는 비서가 담당합니다."

공교림은 그날 봤던 새끈한 비서의 모습을 머릿속에 떠올랐다.

'아까워. 내 비서였으면 어떻게 해 보겠는데.'

하지만 다른 사람도 아닌 미다스의 비서다.

공교림은 그렇게 예쁘니까 대인 기피증이 있는 미다스가 옆에 두는 거라고 생각했다.

물론 그녀도 사실 중국 정보부의 요원이고, 그녀의 미모도 현대 과학기술을 이용한 것이라는 사실을 공교림은 알지 못

했다.

그렇기에 공교림의 머릿속에는 그저 비서의 외모만이 존재할 뿐이었다.

"비서분을 한번 뵙도록 하지."

"잘 생각하셨습니다. 제가 한번 이야기해 보겠습니다."

물론 직접 일대일로 만나게 해 줄 생각은 없다. 그랬다간 자신을 내칠 수도 있으니까.

일대다로 만나게 해서 개인적인 친분을 유지할 틈을 만들지 못하게 할 생각이었다.

그렇게 하면 서로 견제하느라 바빠질 것이다.

"그러면 나중에 뵙지요."

공교림은 마치 나가라는 듯 슬쩍 눈치를 줬고, 박 회장은 그런 공교림의 눈빛에 살짝 놀랐다.

전에는 이런 대접을 받은 적이 없었으니까.

"많이 바쁜가 보군."

"아, 다름이 아니라 미국 대사관에서 사람이 오기로 해서요."

"아아~ 미국 대사라면 그럴 만하지."

아무리 사채 업자로서는 자기 아래라지만 공교림은 3선 국회의원이다.

국회의원으로서 미국 대사가 우선일 수밖에 없다.

"잘 부탁하네, 공 의원."

다시 한번 부탁하고 나가는 박 회장을 보며 공교림은 눈을 찡그렸다.

"더러운 노친네. 여전하네."

옛날 일을 생각하면 투자는커녕 얼굴도 보기 싫다.

하지만 그는 지역구에서 강력한 힘을 자랑한다.

미다스에게 필요한 건 국회의원 공교림이지 사채꾼 공교림이 아니기에 공교림은 국회의원의 자리를 유지해야 했고, 그러기 위해서는 지역에서 큰손인 박 회장의 도움이 절대적으로 필요하다.

"나중에 저 새끼는 꼭 담가 버려야지."

그는 그렇게 말하면서 옷매무새를 가다듬었다. 그리고 인터폰으로 비서를 불렀다.

"들어오시라고 해."

─네, 의원님.

잠시 후 안으로 들어오는 두 명의 백인과 한 명의 흑인.

앞에 선 남자가 공교림에게 악수를 청했다.

"주한미국 대사관의 무관인 데이비드 펄슨이라고 합니다."

"반갑습니다. 공교림입니다."

무관은 높은 직급은 아니다. 사실 국회의원에게 미국 무관이 직접 찾아오는 것은 급에 안 맞는 행위라고 볼 수도 있다.

하지만 그럼에도 불구하고 공교림은 예의를 지켰다.

왜냐하면 말이 무관이지, 사실 미 정보국 요원이라는 걸 알고 있기 때문이다.

다른 나라의 대사관에 배치되는 무관의 40% 이상은 화이트 요원, 그러니까 신분이 드러나도 상관없는 정보부 요원이다.

진짜 무관은 군 장교 출신이라 위험하지 않다.

하지만 상대방이 정보부 요원이라면 이야기가 달라진다.

자신의 사채꾼 시절을 조사해서 적대적 의원에게 제공만 해도 자기 목을 날릴 수 있으니까.

그렇다 보니 조심할 수밖에 없었다.

'더군다나 진짜 무관이 날 찾아올 이유도 없고 말이지.'

이번이 첫 만남이지만 공교림은 데이비드 펄슨이 왜 자신을 찾아왔는지 이미 알고 있었다.

"공교림 의원님께서는 혹시 미다스가 어디에 있는지 아십니까?"

"알 리가 없지요."

미다스와 미국의 사이가 틀어졌다. 그리고 미다스는 미국의 품을 떠나 중국에 막대한 투자를 하려고 한다.

미국 입장에서는 절대로 무시할 수 없는 문제였다.

더군다나 그 투자 대상이 중국의 아킬레스건인 반도체다.

핵전쟁만 아니라면 미국은 중국을 생각보다 쉽게 꺾을 수 있다.

왜냐하면 중국은 반도체 생산능력이 없어서 무기의 보충이 불가능하기 때문이다.

물론 그에 대비해 어느 정도의 반도체를 쌓아 두고 있기야 할 거다.

하지만 생산이 가능하다는 것과 일정량의 반도체를 비축해 두었다는 것은 전혀 다른 문제다.

어떻게 보면 역린인 부분을 미다스가 건드리고 있으니 미국 입장에서는 난리가 날 수밖에 없다.

"하지만 미다스에게 투자할 기회가 왔다고 사람들을 설득하고 다닌다고 들었는데요?"

물론 미 정보국도 바보는 아니다. 이미 정보를 얻었다.

초창기에 쉬쉬하면서 사람들과 접촉할 때야 모를 수도 있었겠지만, 본격적으로 투자받기 시작한 시점에서도 모른다는 건 말이 안 된다.

"그건 사실입니다. 하지만 제가 미다스를 직접 만난 건 아닙니다."

'물론 거짓말이지만.'

공교림은 미다스를 직접 만났다. 물론 대인 기피증으로 인해 오래 이야기하지는 못했지만.

'하지만 그 정도 정보력과 인원 그리고 돈이 있는 사람이라면 미다스일 수밖에 없지.'

미다스는 자신을 도와준다면 노형진의 자리를 넘겨주겠노라 약속했다. 노형진이 미국 측에 붙어서 자신을 속이고 있다면서.

내치고 싶지만 아직은 때가 아니라서 한계가 있다며, 자신을 도와서 공적을 세우고 세력을 확장하면 노형진을 쳐 내고 공교림에게 대리인의 자리를 주겠다고 약속했다.

물론 그 과정에서 조건도 걸었다.

"저는 미다스를 본 적이 없습니다. 다만 그 대리인이라고 주장하는 사람을 만났을 뿐입니다."

"노형진 씨 말입니까?"

"아니요. 그는 아닙니다."

노형진은 아니다. 은밀하게 대리하는 사람이라고 하니까.

"미국도 이제는 알 텐데요, 미다스와 노형진의 사이가 틀어졌다는 걸?"

"……."

그 말에 무관은 아무런 말도 하지 않았다.

하지만 오랜 경험상 그게 긍정의 뜻이라는 걸 공교림은 알고 있었다.

'그러니까 그렇게 치를 떨지.'

미다스가 요구한 것 중 하나가 바로 서방 세력, 특히 나토와 미국에 절대로 자신의 위치를 공개하지 말라는 것이었다.

그들과 선을 끊고 싶다는 것이 그 이유였다.

'그리고 노형진 그 새끼가 왜 그런 발표를 했는지도 이해가 가고.'

노형진은 미다스와의 사이가 멀어지고 있다는 걸 안다. 그러니까 미다스를 통제하기 위해 고의적으로 동의를 얻지 않고 위치를 발표했다고 미다스는 생각하고 있었다.

그런데 현재 상황을 보면 그게 사실일 가능성이 높았다.

"공 의원님, 이런 식으로 나오시면 저희가 곤란합니다."

물론 저 말에는 네가 곤란해질 거라는 메시지가 내포되어 있다.

하지만 공교림은 상관없었다. 노형진의 자리를 차지할 수 있다면야 국회의원 자리가 무슨 상관이 있겠는가?

자기 돈으로 투자해도 되고, 그가 아니더라도 사방에서 투자 정보 좀 달라며 죄다 달려와서 엉덩이를 빨아 줄 텐데.

"죄송합니다만 저는 진짜로 모릅니다."

"으음."

그 말에 데이비드 펄슨은 신음을 냈다.

그 후에도 몇 마디 대화가 이어지기는 했지만 같은 내용이 반복된 것일 뿐이었다.

미국은 미다스의 위치를 알고 싶어 했고, 공교림은 그걸 알려 줄 생각이 없어서 모른다고 딱 잡아뗐었다.

물론 진짜로 숙박하는 곳은 모른다. 하지만 핸드폰 번호는 알고 있으니 그 번호를 알려 주면 미국의 능력으로 금세 미다스의 위치를 특정할 수 있었다.

문제는 그걸 모른다고 딱 잡아떼고 있다는 것.

"후회하게 될 겁니다."

데이비드 펄슨은 자리에서 일어나며 말했다.

공교림은 그런 그에게 자신 있게 웃었다.

"누가 후회할지는 두고 보면 알겠지요, 후후후."

⚖️

공교림을 두고 밖으로 나온 데이비드 펄슨은 고개를 흔들었다.

"한국의 정치인은 너무 멍청해. 도대체 어떻게 저런 멍청이들이 정치를 하는 거지?"

"한국의 정치 수준이 40년 전에 멈춘 거야 뭐 딱히 비밀도 아니지 않나?"

"그건 그렇지."

세 사람은 고개를 끄덕거렸다.

물론 미국의 정치판이라고 깨끗한 건 아니다.

하지만 최소한 자신이 속을 수 있다는 가능성에 대해 의심하고 조심한다.

하물며 수천억대 투자 건인데 한 점 의심도 하지 않다니.

"뭐, 중요한 건 대부분 이 꼴이라는 거지."

이들이 만난 건 공교림만이 아니었다.

대부분 자기들이 대단한 사람이라도 되는 것처럼 거들먹거리면서 미다스에 대한 정보 제공을 거부했다.

"어떻게 생각해?"

"미다스의 예상이 맞다면 중국 놈들이 머리를 잘 쓴 거야. 자기 자리를 차지하기 위해서라도 이놈들은 서로의 정보를 공유하지 않을 테니까."

사실 이들은 공교림의 예상대로 진짜 무관이 아니라 CIA 요원이었다. 그리고 그들은 현재 가짜 미다스가 활동하고 있다는 걸 알고 있다.

노형진이 미다스라는 최고급 정보는 모르지만 최소한 이번 작전으로 중국을 코너로 몰려고 한다는 건 알고 있었고, 중국과 으르렁대고 있는 CIA 입장에서는 이런 기회를 놓칠 수가 없었다.

그래서 미다스의 부탁대로 서로 사이가 틀어진 것처럼 행동하는 중이었다.

"그런데 진짜로 후회 안 할까?"

"안 하긴. 보통 저런 놈들은 뒤가 안 좋지."

흑인 요원은 피식 웃으며 말했다.

"그건 중국도 마찬가지일 테고 말이지."

그들은 미다스가 과연 어떤 식으로 중국에 한 방 먹일지 궁금해졌다.

자칭 미다스, 타칭 사기꾼

미다스가 한국에 있다. 그리고 그 한국에서 미다스에게 투자하고자 하는 집단이 있다.

그들은 미다스와 개인적으로 접촉했고 각자 세력을 이루어서 벌써 3천억이나 투자받았다.

이 정도 일은 소문이 안 날 수가 없다. 그리고 그 소문은 생각지도 못한 파급력을 불러일으켰다.

"얼마요?"

"자세한 말은 안 하네. 하지만 약정 금액이 3조를 넘었다고 하더군."

"미친 거 아닙니까?"

"미친 건 아니지. 기회니까."

송정한은 혀를 내두르며 말했다.

미다스라는 이름만으로 투자 약정 금액이 무려 3조란다.

물론 그 3조라는 금액이 그들의 손에 들어온 건 아니었다.

하지만 그 세 집단은 이미 그렇게 된 것처럼 난리 법석을 떨었다.

"중국, 러시아, 일본, 프랑스, 영국, 스페인, 심지어 미국에서도 투자가 들어왔네."

"환장하겠네."

정확하게는 투자하겠다고 다급하게 달려와 투자 약정서를 작성했다는 거다.

"실제로 계약금 조로 일부 들어온 모양이고."

"일부라곤 해도 금액이 적지 않을 텐데요."

"그것만 해도 3천억이라고 하더군."

일반적으로 계약금을 10% 잡으니까 3조의 투자금이면 3천억이 맞기는 하다.

"환장하겠네요. 이건 예상 못 했는데."

"나도 이해가 안 가네. 아무래도 미국에서 장난치는 느낌이야."

"저도 그렇습니다. 하긴, 미국이면 그럴 만하죠."

노형진과 협의 없이 이루어지는 일이지만 미국의 정보국에서는 어떻게 해서든 중국에 한 방 먹이고 싶어 할 거다.

그러기 위해서는 일이 커져야 한다.

"어차피 목적은 자네와 비슷하잖나?"

"그건 그렇죠."

3천억이라는 투자금이 들어갔다.

투자에 들어간 주체가 누군지도 모르지만 그들은 이미 계약금을 냈다.

만약 계획이 틀어져도 그 돈을 날리지는 않을 거다. 그 돈이 중국으로 들어간 것도 아니고 한국에 있으니까.

비록 세 집단에서 신나게 파티 비용으로 까먹고 있다지만 전체 금액에 비하면 새 발의 피일 뿐이기도 하고.

하지만 계획이 성공하고 그 모든 게 사기라는 사실이 밝혀진다면 이야기가 달라진다.

사기에 당한 투자자들과 나라들은 충격을 받을 수밖에 없고, 그들은 중국에 대한 투자를 꺼리게 될 수밖에 없다.

그렇잖아도 중국이 미국과 이빨을 드러내면서 싸우려고 하는 와중에 이는 치명타가 될 가능성이 크다.

"목적이 같으니 뭐, 모른 척하지요."

"이쯤에서 자네가 진짜 미다스를 등장시킬 건가?"

"아니요. 아닙니다. 사실 일이 이쯤 되면 진짜로 미다스가 투자를 철회한다고 해도 안 믿을 놈들이 넘쳐 납니다."

"어째서?"

"비공식적으로 미다스와 제 사이가 틀어져 버렸으니까요."

중국은 미다스가 노형진과 사이가 틀어졌다고 떠들 수밖

에 없다. 그게 아니라면 대인 기피증이 있는 미다스가 사람을 만나는 게 말이 안 되니까.

그리고 노형진도 그 점을 노리고 미국에 그렇게 행동하도록 이야기해 놨다.

"선을 그어야지요."

"어떻게 말인가?"

"중국이 제게 선을 긋도록 할 겁니다."

그 말에 송정한은 눈을 묘하게 떴다.

"그게 가능하다고 생각하나?"

가능할 리가 없다.

지금 중국은 가짜 미다스를 내세워서 투자받으려고 혈안이 되어 있다. 그런데 미다스에게 먼저 손절을 치면?

당연히 투자도 물 건너간다.

"물론 자기 입으로는 절대로 안 하겠지요. 일반적인 경우라면 말입니다."

"그렇지."

"하지만 중국에는 절대로 용납할 수 없는 주제가 하나 있습니다."

"뭔데? 한국에다가 핵이라도 만들어 주려고?"

"비슷합니다."

"비슷하다고?"

그 말에 송정한은 기겁했다.

한국이 핵무장을 한다. 그건 절대로 불가능한 일이다.

설사 한국의 우방인 미국이라 해도 그건 용납하지 않기 때문이다.

게다가 중국과 일본은 한국을 속국 취급하며 언젠가는 되찾아야 하는 잃어버린 땅으로 생각하고 있다. 그런데 한국의 핵무장을 인정할까?

"물론 핵과는 좀 다릅니다. 핵이기는 합니다만."

"도대체 뭔데?"

"항모입니다."

"항모……라고?"

"항모 계획이 이미 잡혀 있죠?"

"잡혀 있지. 생각보다 빠르게 진행되고 있다고 하더군."

'당연하지.'

원래대로라면 한국은 항모를 만들기 위해 제로에서부터 모든 걸 시작해야 한다. 미국도 절대로 안 도와줄 테니까.

실제로 원래 역사에서 항모는 수십 년이 지나도록 지지부진하면서 결국 노형진이 죽을 때까지 만들어지지 않았다.

만들자는 이야기는 많았지만 중국과 일본의 돈을 받은 정치인들이 절대로 허락할 수 없다면서 길길이 날뛰었다.

심지어 대놓고 한국의 핵잠수함 계획을 내놓으라고 깽판을 치던 국회의원이 있을 정도로, 한국의 국회의원들 중 상당수가 다른 나라의 스파이 노릇을 하고 있으니 어찌 보면 당연한 일이었다.

"그게 왜 문제가 된다는 건가?"

"간단합니다. 제가, 아니 미다스가 항모의 건조 비용을 일부 부담한다고 발표할 겁니다."

"뭐?"

그 말에 송정한은 기겁했다.

"자네 진심인가? 그게 얼마인지나 알고?"

"8천억쯤 될 겁니다."

한국은 애초에 항모를 살 돈도 없고, 미국처럼 항모를 운용할 능력도 안 된다.

항모 전단을 하나 운용하려면 한국 해군 예산을 통째로 꼬라박아야 가능하기 때문이다.

"고작 그것밖에 안 들 리가 없지 않나!"

"그거면 될 겁니다."

"그걸 어떻게 알아?"

"음, 그건 군사기밀이라 말씀드릴 수가 없네요."

사실 한국이 생각하는 경항모를 만든다면 비용으로 1조 3천억 정도를 예상해야 하고, 중형 항모를 만든다면 1조 8천억에서 2조 정도를 예상해야 한다.

'하지만 그건 설계에서부터 필요한 비용이지.'

애초에 한국은 항모에 적용할 기술 자체를 공식적으로 거의 보유하고 있지 않다.

일반적인 선박에 적용할 수 있는 기술이야 압도적이지만, 공식적으로 전투기 사출기인 캐터펄트 기술 같은 건 아예 없기 때문이다.

실제로 원계획에서 한국은 캐터펄트 없는 경사 갑판으로 만들려고 했었다.

전투기의 발사 속도를 결정 짓는 캐터펄트는 미국에서도 최고 보안으로 묶여 있는 탓이다.

전투기가 항모에서 한 번 떠나 임무를 수행하는 걸 1소티라고 부르는데, 캐터펄트가 있는 항모와 없는 항모의 시간당 소티 기록은 세 배 가까이 차이 난다.

이는 즉, 캐터펄트가 있으면 비상시에 더 많이 더 자주 전투기를 보낼 수 있다는 소리다.

더군다나 캐터펄트는 구조적인 특성상 중형 항모 이상에만 설치가 가능하다.

즉, 노형진이 지원해 준다면 한국은 무조건 중형 이상의 항모를 만든다는 의미이기 때문에 중국으로서는 짜증이 날 수밖에 없었다.

'그리고 비공식적으로 한국은 이미 항모 기술을 전부 가지고 있지.'

이미 노형진이 항모 설계도를 훔쳐서 제공했으니까.

비록 하자가 있는 설계도이기는 하지만 그걸 수정하는 것도, 그걸 일부 개조해서 중형 항모를 만드는 것도 불가능한 일이 아니었다.

항모의 기술 개발에서부터 설계까지만 거의 5천억을 예상하고 있었으니, 중형 항모를 제조하는 총비용에서 개발비를 제한다면 생각보다 훨씬 싼 가격에 항공모함을 만들 수 있을 것이다.

물론 전투기 문제는 별도로 해결해야겠지만 말이다.

"실제로 항모 문제로 시끄럽죠?"

"난리가 났지."

항모를 만들어야 한다는 사람들은 한국도 주변에 원거리 공격을 투사해야 한다고 주장하고 있다.

사실상 적성국이 북한만 있는 게 아니라는 거다.

하지만 반대하는 사람들은, 어차피 북한이 적성국이고 주적인데 항모는 과하다는 입장이다.

물론 각각 일장일단이 있다.

"하지만 중요한 건 제계, 아니 미다스에게 한국의 항모 건조를 지원할 의사가 있다는 거죠. 한 4천억쯤 해서요."

"자네 미쳤나?"

"안 미쳤습니다. 저도 손실을 볼 생각은 없으니까요."

"어쩌려고?"

"조건을 붙일 겁니다. 한성조선과 대룡조선의 컨소시엄에 건조 자격을 주겠다고 말입니다."

즉, 돈을 진짜로 주는 게 아니라 그곳을 통해 원가에 항모를 만들어 제공하는 방식으로 돈을 아낄 기회를 준다는 것이다.

"확실히 그러면…… 손실이 적어지기야 하겠지만……."

"물론 그걸 받아들일지 안 받아들일지는 모르죠. 사실 이 게 단순하게 생각할 문제는 아니지 않습니까?"

"끄응, 그렇지."

경항모만 해도 지금 나라에서 자칭 군사 전문가들이 서로 멱살 잡고 싸우고 있다.

그런데 아무리 돈을 지원해 준다지만 중형 항모를 만든다 고 한다?

일단 항모가 커지면 가지고 와야 하는 전투기 숫자도 많아 지며 그걸 운용할 요원의 숫자도 늘어난다.

거기다 항모의 경우는 상시 경호를 해야 하는 군함도 필요 하다.

항모 하나 짜잔 하고 만든다고 해서 모든 문제가 해결되는 게 아니라는 거다.

"사실 그 결과가 어떻게 나와도 저는 상관없습니다."

이득에서 포기하는 부분이 있기는 하지만 노형진은 그 이 득이 없어도 전혀 상관없는 사람이다.

기업 입장에서는 공짜로 일하는 거지만 항모를 만들 정도 의 기술력을 공짜로 배운다는 건 전혀 다른 문제이니, 노형 진이 아는 유민택이라면 거절은 하지 않을 거다.

더군다나 당장 캐터펄트 기술을 가지고 있는 나라는 거의 없다. 그것만으로도 전 세계에서 관심을 가질 수밖에 없다.

"상관없다고?"

그런데 상관없다는 말에 송정한은 묘한 표정이 되었다.

"아…… 그렇군. 상관없기는 하겠군."

항모를 만들게 되면 대략 2천억의 추가금을 내면 된다.

물론 적지 않은 돈이지만 노형진에게는 아주 큰돈은 아니다.

한국 내 영향력을 늘리는 비용이라고 생각하면 그만이기
도 하고.

"중요한 건 중국의 입장이죠."

중국 입장에서는 한국에서 만드는 항공모함은 목 아래의
비수다.

한국에서 레이더 하나 설치하는 것 가지고도 길길이 날뛰
며 한한령을 선포하고 단교까지 입에 담는 중국이 과연 한국
이 항모를 소유하는 것을 인정할까?

"내가 아는 중국이라면 무슨 짓을 해서라도 막을 걸세."

"맞습니다. 문제는 그걸 제안한 게 미다스라는 거죠."

한국에서 항모를 만든다고 했다면?

당연히 한국에 온갖 경제제재와 보복을 퍼부으면서 꿈도
꾸지 말라고 할 거다.

"하지만 미다스가 제안한 거라면 이야기가 달라지죠."

한국은 가만히 있는데 미다스가 먼저 제안했다고 한국에
보복하는 건 불가능하다.

만일 그런 짓을 했다가는 대놓고 미다스와 전쟁하겠다는 소리밖에 안 된다.

"지금 가짜 미다스를 활동시키고 있는 중국에서는 불가능한 문제라는 거군."

중국에서 먼저 미다스와 손절하면?

반도체 굴기인지 굴비인지는 나락으로 가는 거다.

그렇다고 방치하면?

그렇잖아도 한국의 여론은 6 : 4 정도로 항모 소유를 찬성하는 쪽에 힘이 실려 있는 상황이다.

반대하는 쪽도 주요 거래국인 중국과 일본의 눈치가 보여 반대하는 경향이 큰 것뿐이다.

그리고 그중에서 영향력이 큰 것은 중국이다. 어차피 일본은 동맹이라는 이름으로 엮여 있으니까.

그러니 중국이 가만히 있는다면 한국의 여론은 순식간에 항모 건조를 찬성하는 쪽으로 쏠릴 거다.

하물며 돈까지 준다는데 수십 년의 꿈이 완성될 기회를 놓치려고 할까?

지금 입 닥치고 있는다고 미래에도 똑같을 거라는 보장도 없는데?

"반도체 굴기를 포기할 것이냐, 한국의 항모 소유를 인정할 것이냐."

가짜 미다스를 운용하는 중국으로서는 어느 쪽이든 대가

리가 빠개질 문제다.

"그 상황에서 가짜 미다스 문제까지 터지면 죽을 맛이겠군."

송정한은 피식하고 웃었다.

"중국은 전 세계적으로 사기 한번 치려다가 본전도 못 찾는군."

"잘못을 했으면 벌을 받아야지요."

그리고 이제 그 벌을 받을 시간이었다.

⚖️

아닌 밤중에 홍두깨라는 말이 있다. 진짜 뜬금없이 일이 터지는 걸 말한다.

박기훈 대통령은 자다가 깨서 생각도 못 한 일을 경험했다.

"뭐라고? 3천억을 지원해 준다고?"

"네, 정확하게는 항모 건조를 자신의 소유 회사인 한성조선과 대룡조선의 컨소시엄에 위탁하면 수익을 포기하고 원가로 만들어 1천억을 절감할 수 있게 해 준다고 합니다. 그리고 항모의 건조 비용 중에서 다시 한번 1천억을 총금액에서 빼 주고 추후에 전투기 구입 비용 중에서 1천억을 보증해 줘서 총 3천억을 지원해 줄 계획이랍니다."

"뭔 개소리야?"

그 말도 안 되는 소리를 들은 박기훈은 자신의 귀를 의심했다.

지금 한국에서 사고 싶어 하는 항모용 전투기는 F-35C 모델이다. 미국이 만든 스텔스기의 항모 버전.

원래는 수직이착륙기 버전인 F-35B가 유력했지만 캐터펄트의 설계도가 생긴 이상 수직이착륙의 문제점인 무장 가능한 무게가 줄어드는 F-35B를 살 이유가 없어서 같은 항모용이지만 캐터펄트 사출용인 F-35C를 사자는 이야기가 나오던 참이었다.

다만 그러기 위해서는 함선의 갑판, 즉 활주로가 길어야 해서 경함모에서 중형 항모로 변경해야 한다는 문제가 있었다.

그런 상황에서 갑자기 한국에 무려 3천억이라는 지원이라니?

"그 신문기자가 뭐 약 빤 거 아닌가? 아니면 어디서 말도 안 되는 국뽕 유튭 영상을 보고 검증도 안 하고 그냥 터트린 거 아니야?"

"아닙니다. 미다스 측에서 공식적으로 발표한 겁니다. 물론 한국에서 항모를 건조한다는 조건이 붙기는 했습니다만."

"노형진 이 자식, 도대체 뭔 생각인 거야?"

안 봐도 뻔하다. 뭔가 노리고 폭탄을 던진 거다.

문제는 그게 뭐든 간에 그의 머리가 터지게 생겼다는 거다.

"어떻게 생각해?"

"사실상 불가능하다는 거 아시지 않습니까?"

외부에 공표하지만 않았을 뿐 이번 임기에서는 사실상 항모 건조를 포기한 상황이다.

애초에 임기도 얼마 남지 않았고, 갑자기 항모를 건조한다고 하면 중국과 일본에서 길길이 날뛸 게 뻔하기 때문이다.

레이더 하나 설치했다고 한한령을 내려서 지랄했던 놈들이니 항모를 만든다고 하면 최소 단교 수준의 반발을 각오해야 하기에, 박기훈도 외부에 항모 계획을 발표하지는 않고 그저 추후 정권이 좀 더 편하게 항모를 만들 수 있도록 설계 자금을 목적으로 슬금슬금 자금을 빼돌리던 중이었다.

연구비니 설계비니 하면서 빼돌린 돈이 있으면 나중에 항모 만드는 데 슬쩍 투입해서 더 쉽게 만들 수 있으니까.

시기도 시기고, 중국과 직접 싸우기 싫은 박기훈의 일종의 고육지책이었다.

"그걸 모를 리가 없는 인간이……."

애초에 설계도를 준 것도 노형진이고 이 방법을 알려 준 것도 노형진이다. 그런데 갑자기 웬 폭탄을 던진단 말인가?

"인터넷에서는 난리가 났습니다. 어떻게 하시겠습니까?"

"뭘 어쩌자는 거야? 그냥 모른 척해야지."

항모를 만든다고 한다?

당장 중국은 단교한다고 나올 거고 최악의 경우 한국을 해상봉쇄 하겠다고 길길이 날뛸 거다.

미국과는 동맹으로 묶여 있기는 하지만 그건 어디까지나 전쟁에서 도와준다는 뜻이지 해상봉쇄를 당했을 때 지원해 준다는 뜻은 아니다.

"전하고 똑같아. 그냥 사람들이 제풀에 지쳐서 나가떨어
질 때까지 아무 말도 하지 마."

한국에서 선택할 수 있는 유일한 선택지는 그것뿐이었다.

그리고 노형진은 박기훈이 그걸 선택하리라는 걸 알고 있
었다.

그랬기에 중국이 한국에 직접 항의하지는 못한다고 한 것
이다.

다만 그것과 별개로 중국에서의 반응은 개판일 수밖에 없
었다.

⚖

"뭐가 어떻게 된 거야?"

당혹감을 감추지 못한 중국 당국은 긴급하게 모여서 회의
하고 있었다.

"도대체 얼마 전까지만 해도 우호적이던 인간이 갑자기 왜
우리한테 이빨을 드러내는데? 중국의 반도체 굴기에 동참한
다고 하지 않았어?"

샹량핑은 이 상황이 이해가 가지 않았다.

물론 미다스가 남의 눈치를 보지 않는다는 건 안다.

다른 놈들은 중국에서 나오는 돈에 환장해서 이쪽의 똥구

멍을 빨아 댄다.

미국에서는 헌법을 위반할지언정 중국에서는 공산당을 찬양하는 게 자본주의다.

하지만 미다스는 그러지 않는다.

실제로 중국에 타격을 입히기도 했었고.

물론 그건 중국이 다급한 나머지 마이스터의 재산을 먼저 약탈해서 벌어진 일이지만.

그래도 이제는 조금은 관계가 개선되나 싶었다.

실제로 미다스가 중국에 반도체 투자를 선언하고 나서 중국에 있는 반도체 기업들의 주가가 일제히 올라가는 중이었다.

"그런 상황에서 왜 우리 모가지에 칼을 들이밀겠다는 건데?"

현실적으로 이해가 안 가는 일이다.

모든 기업이나 사람에게는 방향성이라는 게 있다.

오른쪽 귀에다 '널 족칠 거야.'라고 말하면서 왼쪽 귀에는 '널 사랑해.'라고 말하지는 않는다.

그건 딱 미친놈이라고 한다.

그런데 지금 미다스가 하는 짓거리가 딱 그 짓거리다.

"이해가 안 갑니다, 저희도."

"그러면 그 반도체 개발은 어떻게 되는 거야?"

"그것도 이해가 안 갑니다."

만일 뭔가 수가 틀어져서 미다스가 자기 돈을 들여서라도 중국에 칼을 들이밀고 싶다면 반도체 공장 실사 팀을 바로 소환했어야 한다.

그런데 실사 팀은 여전히 전국을 돌면서 반도체 공장이 들어갈 입지에 대해 조사하고 있는 상황이다.

"말이 안 되잖아!"

이 일관되지 않은 행동이, 샹량핑은 이해가 안 되어서 미칠 것만 같았다.

빨든가 엿 먹이든가 하나만 해야 하는데, 둘 다 하고 있으니까.

"우리를 가지고 노는 것도 아니고."

공식적으로 발표하고 실사 팀까지 보낼 정도라면 놀리는 게 아니다.

이 상황에서 자기 마음에 안 든다고 손절 치면 이쪽을 놀리는 게 맞겠지만, 미다스는 그런 행동을 하지 않고 있다.

"우리가 뭐라고 해야 합니다."

"그건 그렇지."

중국은 그래 왔다.

자기 마음에 들지 않으면 무슨 수를 써서라도 보복해 왔다. 그게 설사 피해로 돌아온다는 걸 알면서도 말이다.

예전에도 미국이 마음에 안 든다고 미국산 콩의 수입을 막고 다른 나라에서 콩을 수입해 온 적이 있었다.

그런데 그 나라도 콩이 부족해지니 미국산 콩을 수입해서 다시 수출하는 방식을 취했고, 결과적으로 중국은 미국산 콩을 두 배 가격에 수입하는 꼴이 되어 버렸다.

하지만 그럼에도 불구하고 그들은 자존심 때문에 미국산 콩의 수입을 재개하지 않았다.

그들에게 있어서 자존심은 절대로 잃을 수 없는 최후의 보루였던 것이다.

"한국에 뭐라고 해야 하나?"

"한국은 아무런 반응도 없습니다. 내부 정보에 따르면 한국은 금시초문이라는 반응이랍니다. 사실상 미다스가 단독으로 발표한 내용인 듯합니다."

"그러면 한국을 제재하는 건 불가능할 텐데."

만일 여기서 한국을 제재하면?

이 미친놈들이 진짜로 핵항모를 만들 가능성이 크다.

어차피 하지도 않은 행동으로 제재받는 거니 그럴 바에는 핵항모 건조 계획을 기정사실화하는 게 당연하다.

어떻게 하든 중국에 처맞는 건 똑같으니 다시는 처맞지 않도록 방어해야 할 테니까.

"그렇다면 미다스를 제재해야 하는데⋯⋯."

문제는 미다스가 중국에 투자한 게 많지 않다는 거다.

아예 없는 건 아니지만 거의 다 손절 쳤다.

심지어 기존의 투자도 귀신처럼 고점에서 싹 다 팔고 나간 상황이었다.

'도대체 어떻게 안 거야?'

중국은 코넬09바이러스가 퍼지기 시작할 때쯤부터 자국 내 기업들을 두들겨 패기 시작했다.

자본이 힘을 가지면서 공산당의 힘에 저항하는 느낌이 들었기 때문이다.

물론 말 그대로 느낌적 느낌일 뿐이지만 그 자체로도 용납할 수 없는 일이었기에 그런 자본주의를 싹 다 두들겨 패기 시작했는데, 미다스와 마이스터는 바로 직전에 지분을 모조리 정리했다.

고점에서 팔고 나가서 손실은 전혀 없었고, 그 후에 중국 내 기업들은 신나게 두들겨 맞고 해외에서 영업금지를 처맞으면서 아예 폭망하고 있다.

당장 한때 전 세계를 호령하던 탁탁 같은 경우는 아예 전 세계에서 판매 금지가 떨어져서 중국을 제외하고는 서비스하는 곳이 없어졌는데, 그마저도 이제는 공산당의 감시 프로그램으로 취급받고 있을 뿐이다.

상황이 이렇다 보니 미다스를 제재하는 게 절대로 쉽지 않았다. 엿 먹일 거리가 없으니까.

사실 제재하는 게 문제가 아니었다. 자신들의 약점을 없애기 위한 방법은 하나뿐이다.

"미다스의 도움 없이 반도체 굴기가 가능하겠는가?"

샹량핑의 말에 누군가 우렁차게 외쳤다.

"조국과 당에 대한 충성으로 기필코!"

"뻔한 대답 말고. 나는 진실을 원하네. 만일 뻔한 대답을 했다가 나중에 틀어진다면 자네 목만 날아갈 거라 생각하지 마."

샹량핑이 압박하자 처음에 소리를 지른 남자는 눈치를 보다가 슬며시 말했다.

"불가능……합니다."

"어째서?"

"반도체를 만들기 위한 모든 재료와 장비를 생산, 판매하는 기업들 중에 미다스 또는 마이스터의 지분이 없는 곳은 없습니다. 그가 수출을 못 하겠다고 막으면 우리는 아무것도 못 가져옵니다."

"어느 정도는 우리가 커버할 수 있잖아?"

"우리 기술로 커버할 수 있는 반도체의 수준은 거의 20년 전 수준입니다."

"20년 전? 그렇게 오래된 거라고?"

"네."

물론 지금 중국의 과학기술은 그 정도 수준이 아니다.

하지만 과학기술을 보유한 것과 반도체를 만들 수 있는 장비를 만드는 것은 전혀 다른 문제다.

한국이 달에 유인우주선을 보낼 정도의 기술력이야 가지고 있지만 실제로 달에 보내는 건 전혀 다른 문제이듯이 말이다.

"필요한 기술 대부분은 모두 특허로 묶여 있습니다."

"끄응……."

만일 중국에서 그 모든 특허를 무시하고 반도체를 만든다? 그러면 어떻게 될까?

아마 전 세계로부터 규탄받을 거다.

단순히 규탄받는 게 문제가 아니다. 누구도 중국에 최소한의 기술도 제공해 주지 않을 거다.

당장도 불법 카피가 넘쳐 나는 걸 모른 척하는 게 중국이다.

하지만 단순 공산품의 짝퉁과, 국가의 핵심 과제인 반도체 기술을 짝퉁으로 대체하는 건 전혀 다른 문제다.

"그 모든 특허를 회피하면서 저희가 반도체를 만드는 건 불가능합니다. 그리고 가장 큰 문제는 반도체 설계를 할 방법이 없다는 겁니다."

"그게 없다고?"

"설계를 할 수 있는 인력은 모두 미국 또는 독일 쪽 인재들입니다."

그들은 국가에서 철저하게 관리하고 있기에 국가의 허락 없이는 해외에 나가지도 못한다.

"납치 같은 것도 불가능합니다. 한두 명 납치해서 설계할 수 있는 문제도 아니고요."

결과적으로 누군가가 중국에 설계 도면을 사 와야 한다는 건데 중국이 직접 사는 건 불가능.

유일하게 가능한 것은 미다스라는 이름을 통해 해외에서

미다스가 사서 제공하는 것뿐.

"젠장, 도대체 뭐가 문제야?"

그 말에 샹량핑은 머리를 부여잡으며 구시렁거렸다.

그러던 와중에 그는 뭔가 안절부절못하는 한 남자를 발견했다.

물론 자기 딴에는 최대한 아닌 척하고 있었지만 오랜 시간 정치판에서 굴러먹은 샹량핑이다.

심지어 라이벌을 모조리 쳐 내고 영구 집권을 꿈꾸는 독재자인 그가 눈치를 슬슬 살피는 그 모습을 못 알아볼 수가 없었다.

"우택 동지, 지금 어디가 안 좋소?"

아무렇지도 않은 척하려고 노력하는 우택을 샹량핑은 슬쩍 찔렀다.

"컨디션이 좀 안 좋습니다."

그 말에 샹량핑은 눈을 찌푸렸다.

감히 자신의 앞에서 컨디션이 안 좋다고 말한다?

물론 사람이 날에 따라 컨디션이 달라질 수는 있다. 하지만 그런 경우에는 보통 자신이 괜찮냐고 물어보면 '아닙니다. 괜찮습니다.'라고 답하면서 자신의 눈치를 살핀다.

그런데 자신의 눈앞에서 아프다고 말한다?

그건 진짜 뒈지게 아프든가 아니면 뭔가 켕기는 게 있는 경우다.

그리고 샹량펑이 봤을 때 우택은 뒈지게 아픈 것 같지는 않았다.

자신이 불렀는데 못 올 정도로 아팠다면 여기가 아니라 병원에 있어야 했을 테니까.

"흠."

잠깐 그를 바라보던 샹량펑은 손짓을 했다.

그러자 안에서 경호를 서고 있던 인원들이 그 손짓의 뜻을 알아듣고 밖에서 사람을 데리고 들어왔다. 그리고 입구를 막았다.

그걸 본 우택의 얼굴은 점점 더 창백해졌다.

"우택 동지, 나에게 할 말이 없소?"

샹량펑의 말은 차가웠다.

물론 그는 부하들에게 따뜻한 말을 건네는 사람은 아니다.

하지만 처분을 결심했을 때와 의견을 물을 때의 목소리 톤은 분명 다르다. 그리고 지금 그의 목소리는 처분을 결정했을 때의 목소리였다.

"……."

우택은 그 차이를 알아차리고 벌벌 떨었다.

그러자 샹량펑은 더 이상 묻지 않았다.

용서해서? 아니다.

상대가 자발적으로 말하지 않아도 원하는 대답을 받아 낼 방법이 넘쳐 나니까.

"끌고 가."

"사…… 살려 주십시오! 샹량핑 동지!"

"우택 동지, 두 번째 기회요. 무슨 짓을 한 거요?"

"사실은…….."

우택은 중국 정보국장이었다. 그리고 그는 중국에서 투자가 빠지고 침몰하고 있다는 것을 확실하게 알고 있었다.

그래서 그걸 뒤집을 방법을 고민했다.

공산당은 강하다. 그리고 절대 권력을 가지고 있다.

하지만 동시에 공산당은 약하다. 무력을 쥐고 있다지만 수십억 인민이 배고픔에 돌아서 덤비면 방법이 없다.

인민 해방군?

물론 그들을 동원해서 수억이든 수십억이든 쏴 죽이면 그만이다.

하지만 과연 인민 해방군은 절대 배신하지 않을까?

애석하게도 그건 확신할 수 없다.

국민들이 굶어 죽고 있는데 인민 해방군에 돈을 줄 수 있을 리가 없으니까.

모든 것에는 돈이 필요했고, 현재 중국은 돈이 부족했다.

"그래서 가짜 미다스를 내세우기로 했습니다."

"가짜 미다스?"

"그렇습니다."

일단 가짜 미다스를 내세워서 중국에 대한 투자를 받아 내면 투자자들은 그 돈을 빼낼 수 없게 된다.

투자한 이상 그들은 중국에 종속되어 버릴 테니까.

그리고 돈의 맛을 보여 주면 그들은 중국을 떠나지 못할 거다. 그는 그렇게 생각했다.

그와 동시에 중국의 가장 큰 문제인 반도체 문제를 해결함으로써 그 공적을 쌓아 장기적으로는 자신이 샹량핑의 뒤를 이을 가능성, 아니 샹량핑을 꺾고 자신이 주석이 될 가능성도 우택은 생각했었다.

물론 뒷말은 잘랐지만, 오랜 시간 정적과 싸워 온 샹량핑이 그 목적을 모를 리가 없었다.

"미쳤군."

샹량핑은 그 말밖에 할 수 없었다.

다른 사람도 아닌 미다스를?

물론 성공했다면 진짜 수십조 단위의 투자가 들어왔을 거다. 이쪽은 몰랐다고 하면 그만이고.

생각은 좋았다.

하지만 만약 그 사실을 들킨다면, 그래서 미다스가 모든 걸 알게 된다면 과연 어떤 일이 벌어질 것인가.

추측하는 것은 어렵지 않았다.

아니, 추측할 필요도 없었다. 지금 눈앞에 벌어지고 있으니까.

"그런 계획을 혼자서 실행하지는 않았을 테고."

자신에게 반기를 드는 계획일 수도 있는 위험한 작전이다. 심지어 자신에게 허락도 받지 않고 실행했다.

그런 계획을 과연 우택 혼자서 실행했을까? 그럴 리가.

아니나 다를까, 우택의 말에 일부 의원들의 얼굴이 창백해지는 게 보였다.

"끌고 가."

"동지!"

"동지! 살려 주시오! 동지!"

"잘못했습니다. 한 번만 용서를! 제발!"

하지만 경호원들은 주저하지 않고 그들을 끌고 갔다.

이제 그들은 어떤 고문을 해서라도 없는 죄라도 만들어 낼 것이다.

"이게 무슨……."

그러면 이해가 간다.

미다스는 아마 중국에 진심으로 투자할 생각이었을 거다. 그러다가 가짜가 활동한다는 사실을 안 것이다.

자신이 투자하려고 하는 나라가 자신을 사칭해서 사기를 치고 다닌다?

그간의 미다스의 행적을 보면 그걸 모른 척 넘어갈 리가 없다. 그러니 보복하려고 마음먹었을 가능성이 크다.

그렇다면 그 보복의 방법은 무엇인가?

"이 문제를 어떻게 해결할 거요?"

하지만 누구도 아무 말도 하지 못하고 입을 꾹 다물었다.

그들에게 공산당의 잘못을 인정한다는 것은 절대로 있을 수 없는 일이니까.

그렇다면 결국 그들이 선택할 방법은 하나뿐이었다.

⚖

"아마도 중국에서는 사기 치려고 한 놈들을 처분할 거야."

"처분?"

"중국이잖아. 중국이 자기 잘못을 인정하겠어? 애초에 말이야, 어떤 나라든 자기 잘못을 인정 안 해. 정권이 바뀌고 시간이 지나면 모를까, 현 정권에서 일어난 잘못을 인정하는 나라 따위는 없어."

당장 박기훈 대통령이 죄다 성공한 정책만을 실행했을까?

그랬다면 노형진이 자문위원을 때려치우고 나오지도 않았을 거다.

그는 자신의 정치적 안정을 위해 결국 부패 세력과의 타협을 선택했다. 그리고 그 부패 세력은 다음 권력을 잡기 위해 그를 갈가리 찢어 먹고 있다.

그는 부패 세력이 자신을 놔두기를 기대하며 손잡았겠지만, 그들은 권력을 위해서라면 나라도 팔아먹을 놈들이다.

그런 놈들이 과연 소속이 다른 정당의 대통령을 놔둘까?

그럴 리가 없다.

"하물며 한국이나 미국도 그런데 중국은 어떻겠어?"

"싹 다 죽인다는 거네."

"맞아."

그래야 이 모든 사태에서 벗어날 수 있으니까.

"도대체 어떻게 안 거야? 진짜 중국 내부에 스파이라도 심어 놨냐?"

오광훈은 어이가 없다는 듯 노형진에게 물었다.

"아니면 중국에서 그놈들을 처분한다고 팩스로 공식 서류라도 보낸 거야?"

"그럴 리가 없지."

그럴 리가 없다.

하지만 그간 중국의 행동을 보면 그들의 행동을 예상하는 건 어렵지 않았다.

"중국은 말이야, 자기들 마음에 들지 않으면 길길이 날뛰는 놈들이야."

중국 정부는 인내심이라거나 장기 계획이라는 게 거의 없다시피 한 패턴을 보여 주고 있다.

현 중국의 공산당은 먼 미래를 보고 미리 계획을 세워 움직이는 게 아니라 즉흥적으로, 자기들의 자존심을 건드리면 길길이 날뛰며 힘으로 상대방을 찍어 누르는 걸 선호한다.

그리고 그걸 '전랑외교'라고 부르며 자랑스러워한다.

쉽게 말해서 늑대처럼 상대방을 물어뜯는 공격적인 외교인 건데, 그런 방식은 적 아니면 아군만 만들어 낼 뿐이다.

물론 충분한 힘을 가진 나라라면 그런 외교가 가능하다.

실제로 중국은 자국이 그런 힘을 가지고 있다고 믿고 있다.

하지만 믿는 것과 현실은 좀 다르다.

현실적으로 중국은 그 전량외교를 실행할 힘은 가지고 있지만 관철할 힘을 가지고 있지는 않다.

실행과 관철은 전혀 다르다. 시작이야 할 수 있지만 제대로 끝내지는 못하니까.

"그런데 지금 상황을 봐. 미다스에게 아무 말도 안 하고 있잖아."

한국이야 뜬금없이 당한 상황이니 한국 입장에서는 돈을 준다고 '네! 핵항모 만들겠습니다!'라고 할 수는 없다.

실제로 한국은 '정해진 건 아무것도 없으며 돈을 이유로 특정 기업에 국책 사업을 몰아주는 것은 규정 위반입니다.'라는 원론적인 입장을 발표한 상황이다.

"이런 상황에서 원래의 중국이라면 길길이 날뛰면서 반발을 해야 정상이지. 하지만 가만히 있잖아. 그게 뭘 뜻하는 거겠어? 켕기는 게 있다는 소리지."

"그게 가짜 미다스다?"

"맞아."

그리고 중국, 아니 어떤 나라든 음지의 작전을 실행하다가 틀어지면 그걸 어떻게 해서든 마무리 지으려고 한다.

그러면 이 상황에서 가장 좋은 방법은 뭘까?

단순히 중국으로 당사자들을 소환하는 거?

물론 그것도 방법이지만, 그래도 문제가 되는 게 있다.

바로 가짜 미다스 역할을 한 놈의 존재다.

"만나 본 사람들에게서 흘러나온 정보를 봤을 때 그놈은 한국인이야. 그리고 그런 경우 중국 스타일대로라면 100% 처분을 하려고 할 거야."

물론 그들이 정보를 제공한 게 아니라 노형진이 그들을 만나면서 슬쩍슬쩍 기억을 읽은 거다.

그 결과, 노형진은 그 기억 속에서 미다스를 자칭하던 놈이 한국인이라고 확신하고 있었다.

"한국인이라……."

"그래. 그러니까 이제 그를 구출해야지."

"구출?"

구출이라는 말에 오광훈은 귀를 의심했다.

"무슨 소리야, 구출이라니? 체포가 아니고?"

"명확하게는 구출이지."

"어째서?"

"나를 사칭한 놈이 뭔 죄를 저질렀는데?"

"미다스라고 주장하고 다녔잖아!"

"미다스는 대명사 같은 거야. 하물며 직업도 아니지."

이름도 아니고 직업도 아니고, 미다스라는 건 일종의 존경을 담아서 부르는 별칭 같은 거다.

더군다나 진짜 미다스의 신분이 세상에 알려지지 않은 이상 아무리 해석해도 이 경우는 사칭이 성립되지 않는다.

"그런가?"

"그래. 그리고 이 경우는 사기도 성립하지 않지."

미다스라고 자칭한 것과는 별개로 남들을 속여서 이득을 챙긴 게 없기 때문이다.

사기라는 건 남을 속여서 자신 또는 제3자에게 금전적 이익을 얻게끔 한다는 성립 조건이 붙는다.

하지만 이번 사건의 경우에 사칭이라는 게 성립하지 않으니 상대방을 속였다는 부분에 대해 법리적인 해석의 여지 문제가 있다.

더군다나 가장 큰 문제는 제3자의 이익이라는 부분이다.

그렇게 모은 돈이 중국으로 넘어갔다면 그나마 사기가 성립했을 수도 있겠지만, 이번 사건에서는 노형진이 재빠르게 커트한 덕에 돈이 중국으로 넘어가지 않고 투자 대기 상태에 걸려 있다.

더군다나 그 돈은 미다스를 자칭한 사람이 아닌 미다스를 만났다고 설레발치면서 투자자를 모은 권력자들이나 정치인들이 챙긴 것이다.

"이 경우는 말이지, 웃기지만 미다스를 사칭하고 다닌 놈은 무죄야. 선량한 대한민국 국민이라는 거지."

"크흠, 선량이라는 말이 좀 이상하게 사용된 것 같기는 하지만."

오광훈은 그래도 납득은 되는지 고개를 끄덕거렸다.

오광훈도 이제 경력이 쌓여서 어느 정도 법리적인 상황에 대한 이해가 늘었기 때문이다.

"그러면 이건 진짜 구출 작전이 맞기는 하네?"

"그래, 맞아."

"하지만 어디에 있는지 모르잖아?"

"그럴 리가 없지. 이미 찾았어."

노형진이 그들과 내통했던 놈들의 기억을 읽으면서 자칭 미다스라는 놈의 전화번호를 안 읽었겠는가?

당연히 읽었고, CIA를 통해 이미 추적한 상황이었다.

다행히 아직 처분 결정 직전인지라 미다스라고 주장하는 놈들은 전화기를 켜 두고 자기네 사람들을 관리하고 있었던 지라 추적은 어렵지 않았다.

"광명에 있는 별장지네. 아니, 이런 곳이 아직도 있어?"

"광명이 개발되기는 했지만 그렇다고 해서 모든 곳이 개발된 건 아니니까."

서울과 가깝고, 비상시에 도주하기도 쉽고, 정보를 캐내기도 쉽다.

그리고 광명은 개발된 곳은 잘 개발되었지만 그렇지 않은 지역은 아직 촌이라 CCTV 같은 것도 별로 없다.

"이곳에 가서 네가 털어 내면 돼."

"CIA가 직접 안 하고?"

"할 수가 없지. 다른 나라니까. 하지만 너도 나름 공안 검사잖아."

그 말에 오광훈의 얼굴에 비웃음이 떠올랐다.

"공안은 개뿔. 그 후로 사건 하나 안 주고 있구만."

"개판 났으니까. 그리고 공안 검사가 그동안 이미지가 안 좋아져서 그렇지, 엄밀하게 말하면 간첩이나 스파이를 잡는 업무를 한다고."

"그렇지."

"설마 미다스라고 자칭하는 놈이 혼자서 그 짓거리를 했겠어?"

분명 중국 스파이들과 함께 있을 가능성이 크다.

실제로 기억 속에서 그는 정체불명의 동양계 경호원들과 함께 다녔다.

그들은 분명 미다스를 사칭하게 만든 중국의 요원들일 것이다.

"그러니까 구조를 해야지."

"하지만 위에서 절대로 허락하지 않을 텐데."

"공안이라는 이름을 팔아먹을 때가 지금 아니면 언제겠어?"

"아하!"

그렇잖아도 이 문제로 국정원은 머리를 부여잡고 있다.

그러니 이 사실을 알린다면 국정원은 군부대라도 동원해 줄 것이다.

"한번 내달려 보자고, 후후후."

창룽은 당혹감을 감출 수가 없었다.

상부의 결정이 이해하기 어려운 것은 아니었다. 이미 일이 틀어졌으니까.

하지만 중국에서는 자신들의 존재가 이미 들통났으며, 미다스가 중국에 보복하기 위해 한국의 항모 계획을 적극 밀어주는 거라며 철수하라는 지시를 내렸다.

믿을 수 없는 일이었다.

만일 그렇다면 지금 중국에서 활동하는 실사 팀이 벌써 돌아왔어야 하니까.

그러나 여전히 실사 팀은 활동하고 있었다.

전쟁과 경제를 구분해서 행동하는 거라고 생각할 수도 있지만 그게 불가능하다는 건 누구도 부정하지 못한다.

어떤 미친놈이 자기를 속이려고 한 놈을 위해 돈을 벌어주려고 하겠는가?

'아니, 생각은 필요 없다.'

잠깐 고민하던 창룽은 고개를 흔들었다.

자신은 공산당의 칼이다. 그리고 칼은 생각할 필요가 없다. 당에 충성을 다하고, 시키는 대로 하면 될 뿐이다.

"당에서 명령이 떨어졌다. 우리는 철수한다."

"네?"

"지금 말입니까?"

"그래, 지금 당장. 출국도 비행기를 이용하지 않는다. 동해로 우리 쪽 어선이 들어올 거다."

"동해 말입니까?"

"서해는 빵즈 놈들이 워낙 감시를 심하게 하니까 몰래 나가려면 동해가 나아. 동해를 통해서 러시아로 빠진 후에 그곳을 통해 입국할 거다."

서해는 워낙 밀입국이 빈번한지라 경찰은 서해 쪽의 밀입국선에 대한 감시를 심하게 하고 있었다.

"에? 그러면 나는요?"

그 말에 소구태는 기겁했다.

그는 한국인이다.

갑자기 계획이 틀어져서 중국으로 끌려간다 한들, 중국에서 그가 할 수 있는 게 뭐가 있단 말인가?

더군다나 그는 중국에서 사기를 치다가 걸렸다. 창룡 일행을 도와주는 조건으로 그나마 처벌을 면한 것이다.

그런데 갑자기 계획이 틀어졌다고 철수한다고 하면 그는 어쩌란 말인가?

"걱정하지 마. 넌 여기에 두고 갈 테니까."

"아, 그러면 저는 여기서 쥐 죽은 듯이 살면 되는 거군요."

아무리 정치인들에게 얼굴이 팔렸다지만 그들이 정체도 모르는 소구태를 추적할 방법은 없다.

설사 추적한다고 해도 소구태를 처벌하거나 할 수도 없다. 그가 아니라고 말하면 그만이니까.

물론 다시는 사기를 치거나 할 수야 없겠지만, 중국에 끌려가는 것보다는 나았다.

"죽은 듯이 살면 된다……."

그 말에 창룽은 피식 웃었다.

그게 한국식 표현이라는 건 안다. 하지만 그것만큼 소구태 자신의 미래를 예언하기에 적합한 말이 없다는 것이 참으로 공교로웠다.

"뭐, 틀린 말은 아니지."

"네?"

"죽은 듯이 사는 것보다는 차라리 죽으면 깔끔하니까."

그 말에 소구태는 그대로 주저앉았다.

그는 자신을 내려다보는 창룽의 눈빛에서 그 말이 절대로 거짓말이 아니라는 걸 알 수 있었다.

"우리가 위험부담을 감수할 수는 없지."

국내에서 훈련받고 중국에 충성히는 자국 요원도 아닌, 한국인 출신의 범죄자?

그런 놈의 뭘 믿고 살려 두고 간단 말인가?

애초에 원래 계획에서도 이 모든 일이 정리되면 소구태는 처분될 예정이었다.

아쉬운 건 소구태가 아니라 일이 실패했다는 것뿐이었다.

"아…… 안 돼!"

소구태는 다급하게 도망치려고 했다.

하지만 이미 눈치 빠른 다른 요원들이 그의 뒤를 막았다.

사실 그들은 철수라는 말이 언급되었을 때부터 이미 소구태의 용도가 다했다는 것을 눈치채고 있었다.

그리고 용도가 다한 놈은 폐기하는 게 중국의 기본 원칙이었다.

"동지, 어떻게 할까요?"

"피를 묻히는 건 흔적이 남으니까 깔끔하게 처리해."

"네."

"놔줘! 놔줘, 제발!"

소구태는 죽음이 다가오자 울면서 몸부림쳤다.

하지만 자신의 양팔을 꽉 잡은 훈련받은 요원들을 떨쳐 낼 방법은 없었다.

"그건 제가 하죠."

그러자 뒤에서 있던 여자 요원이 나서면서 웃었다.

"그렇잖아도 저를 자꾸 힐끔거리는 게 불쾌했거든요. 고작 사기꾼 빵즈 새끼가 말이에요."

"뭐, 기꺼이."

"네놈 눈깔을 빼면서 고문하고 싶지만 애석하게도 시간이 없어서 말이야."

그녀는 어디선가 끈을 가지고 와서 강제로 일으켜진 소구태의 목에 걸려고 했다.

그게 걸리면 자신은 죽을 거라는 걸 확신한 소구태는 몸부림쳤지만 피할 수는 없었다.

"제발…… 살려 주세요. 으허허헝."

공포에 오줌이 질질 새고 있었지만 누구도 신경 쓰지 않았다.

"애석하게도 고통은 짧을 거야."

여자가 혀로 자신의 입술을 핥으면서 다가오는 그때, 갑자기 바깥이 소란스러워졌다.

"동지! 큰일 났습니다. 한국 경찰입니다."

"뭐? 한국 경찰?"

"경찰만이 아닙니다!"

그 순간 창문 밖에서 들려오는 강렬한 바람 소리.

이중창이라 어지간한 소리는 다 막히는 건물 안에까지 들릴 정도라면 절대로 정상적인 바람이 아니었다.

아니나 다를까, 창문 너머에 보이는 것은 '경찰'이라고 쓰인 헬기들이었다.

─너희는 포위되었다. 투항하라.

누군가의 목소리.

짧은 중국어였지만 그게 의미하는 건 뻔했다.

"젠장! 어떻게!"

이곳은 누구도 모른다. 심지어 자신들과 접촉했던 놈들조차도 이곳에 대해서는 전혀 모른다.

그런데 어떻게 여기를 알아냈단 말인가?

"창룽 동지?"

"무기를 들어라!"

"네!"

그들은 능숙하게 바로 대처했다.

이런 순간을 위해 훈련받은 요원들이니까.

절대로 빵즈 놈들에게 자신들의 흔적을 남길 수는 없다.

그들은 다급하게 무기를 가지러 갔다.

"이놈은 어떻게 할까요?"

다른 놈들이 다 떠나자 마지막까지 소구태를 붙잡고 있던 요원이 창룽에게 물었다.

창룽은 눈을 찡그렸다.

원래대로라면 흔적이 남는 총 같은 건 쓰면 안 된다. 깔끔하게 정리해야 하니까.

하지만 이미 자신들의 존재는 발각되었다. 그렇다면 방법은 하나뿐이었다.

"쏴 버려."

"네, 동지."

그는 품에서 권총을 꺼내서 소구태에게 조준했다.

"으아아악!"

주저앉은 소구태는 비명을 질렀다.

그런데 그 순간, 소구태를 노리던 남자의 머리통이 터져 나갔다.

탕!

그리고 그보다 늦게 들려오는 총성.

"반격해!"

저쪽에서 먼저 총을 쏜 이상 이쪽도 방법이 없기에 창룽은 반격을 시작했다.

그리고 그 순간 소구태가 빠르게 튀어 나갔다. 그리고 그동안 쓰던 방에 들어가서 문을 잠가 버렸다.

"이런 씨팔!"

아차 하는 순간 소구태가 도망가 버리자 창룽은 이를 박박 갈았다.

하지만 저쪽에는 저격수가 있다. 몸을 일으키는 순간 머리가 날아갈 게 뻔하다.

그리고 냅다 쏴 버린 걸 봐서는 자신들의 목숨에 연연하지 않는 듯했다.

그라도 그럴 거다.

적국의 스파이는 생포할 수 있으면 좋겠지만 대부분 생포해도 사실을 알아내는 건 불가능하니까.

아니나 다를까, 두 집단 사이에서는 총격전이 벌어지기 시작했다.

탕탕! 타타타탕!

중국에서 저격수가 있는 방향으로 반격을 시작하면서 본격화된 총격전은 중국 요원들을 꼼짝도 하지 못하게 했다.

"쏴 버려!"

"한 놈이라도 더 데려가!"

이쯤 되면 이들에게 남은 건 악밖에 없었다.

살아 나가는 것? 그건 기대도 안 한다. 불가능하다는 걸 알기 때문이다.

남은 건 빵즈 놈들을 한 놈이라도 더 데려가는 것.

하지만 저쪽은 총격전에 대비해 방패까지 준비하고 차근차근 다가오는 상황.

그 순간 뭔가가 허공을 날아와 바닥에 툭 떨어져 데구루루 굴렀다.

"눈 감……!"

그게 뭔지 알아차린 창룽이었지만 이미 때는 늦었다.

섬광탄이 사방을 밝히고, 엄청난 소음이 요원들을 강타했다.

"으아아악!"

있는 힘껏 비명을 질렀지만 그들은 저항할 수가 없었다.

섬광탄은 단순히 눈과 귀만 멀게 하는 게 아니다. 순간적으로 강력한 충격으로 신체 제어 능력을 상실하게 한다.

귓속에 있는 달팽이관에 강력한 충격을 주어 순간적으로 균형감각을 상실시켜 대상을 쓰러트린다.

그런 상태에서는 주변에 뭐가 있는지도, 그리고 어느 쪽이 맞는 방향인지도 알 수가 없게 된다.

당연하게도 교전은커녕 자살조차도 하지 못한다.

경찰은 그 상황을 노린 것이다.

"쏴 버려!"

펑펑!

미리 대기하고 있던 경찰은 빠르게 돌격해서 바닥에 쓰러진 사람들에게 진압용 스펀지탄을 쏘면서 달려들었다.

중국 측 요원들은 모두 훈련받은 자들이었지만 균형감각이 완전히 무너진 상황에서 그 공격을 이길 수가 없었다.

"이 새끼, 잡았다."

오광훈이 그 뒤에 바로 뛰어들었다.

그는 바닥을 박박 기고 있는 창룽을 잡아서 그대로 얼굴을 후려쳤다.

그리고 갑자기 창룽의 입을 강제로 벌리기 시작했다.

"아그그그."

갑작스러운 공격에 창룽은 당황했지만, 보이는 것도 없는 데다 충격이 계속되어 저항할 수가 없었다.

그런데 돌연 엄청난 통증이 입안에서 터져 나왔다.

"아아아악!"

통증은 계속되었고, 이후 누군가가 자신의 얼굴을 바닥에 처박는 게 느껴졌다. 그리고 다음 순간 바로 옆에서 여자 요원의 처절한 비명이 들려왔다.

"끼아아악!"

누군지 모르는 구타자에게는 체포 의사도 없는 건지 잡자마자 고문을 시작한 것이라는 생각이 들자, 창룡은 그 잔인함에 절로 몸서리가 쳐졌다.

그리고 그 고문의 당사자는 여자 요원의 입에서 자랑스럽게 자신의 치적을 꺼내 들었다.

"뽑았다!"

"뭐 하십니까?"

다급하게 따라 들어온 철수 요원은 오광훈의 기행에 기겁하면서 물었다.

"아, 이놈들 자살 못 하게 막는 거예요."

"네?"

"소설에서 보니까 막 어금니에 독이 든 캡슐 같은 걸 숨겨 뒀다가 자살하고 그러던데요?"

그 말에 철수 요원은 고개를 절레절레 흔들었다.

"그랬으면 음식을 못 씹겠죠?"

"어?"

"그리고 그게 어느 쪽 어금니인 줄 알고 뽑습니까? 왼쪽인지 오른쪽인지, 위쪽인지 아래쪽인지 알 수가 없지 않습니까?"

그 말에 오광훈은 양손에 들린 피가 덕지덕지 묻은 펜치와 뽑혀 있는 이빨을 보면서 고민했다.

"역시 네 개 다 뽑아야겠지요?"

그 순간 바닥에서 피가 섞인 침을 흘리고 있던 중국 요원들은 흠칫할 수밖에 없었다.

중국 요원들이 일망타진된 사건은 대한민국을 흔들었다.

실제로 그들은 자살을 시도했고, 두 명은 성공했다.

어찌어찌 손에 든 총으로 자신의 머리를 쏴 버린 것이다.

하지만 창룽을 포함한 여섯 명의 요원은 자살에 실패했고, 심지어 오광훈에 의해 강제로 어금니까지 뽑혀 버렸다.

당연하게도 아슬아슬하게 살아남은 소구태는 선택지가 없었다.

"내가 죄를 인정해야 산다고요?"

"맞습니다."

변호사는 소구태를 설득하고 있었다.

정확하게는 정부에서 붙여 준, 소구태를 원하는 대로 이용하기 위한 변호사지만, 죽다 살아난 소구태는 그를 믿는 것 말고는 방법이 없었다.

"만일 여기서 입을 다무시면 반역 혐의가 성립됩니다."

"바…… 반역이라니요! 전…….."

"네, 사기꾼일 뿐이라고 말씀하고 싶겠지요. 하지만 중국 요원들과 일을 하셨지요. 최소 간첩, 최악의 경우 반역입니다."

그 말에 소구태는 부들부들 떨었다.

"그러면 어떻게 해야 할까요? 네? 변호사님, 저 좀 살려주세요."

"협박당했다고 주장하셔야 합니다."

"협박요?"

"중국의 요원이라는 놈들에게 협박당해서, 어쩔 수 없이 자신을 미다스라고 주장했다고 말입니다."

"그게 사실인데요?"

"그러니까 사실을 말씀하시라는 겁니다. 그러면 사실 수 있습니다."

사실을 말하면 살 수 있다.

살 수 있는 걸 넘어서 처벌도 면할 수 있다는 말에 소구태는 고개를 격하게 끄덕거렸다.

"시키는 대로 할게요. 뭐라고 하면 될까요?"

⚖

－이번 사태는 중국의 정부 요원이라고 주장하는 자들이 중국에 투자를 이끌어 낼 목적으로 미다스를 사칭하여…….

─마이스터 측은 이에 분노하여 모든 중국 투자 계획을 철회하겠노라고 발표를…….

─한편 중국은 이번 사태에 대해 자신들은 전혀 모르는 사실이라며 부정하고 있으며…….

소구태는 모든 걸 떠벌렸다. 자신이 처벌을 면할 유일한 방법이라고 했으니까.

당연히 공개적으로 떠벌렸다.

비밀리에 떠벌리면 국가 간의 문제다 보니 조용히 처리될 가능성이 높기 때문이다.

그렇게 소구태의 입을 통해 진실이 밝혀지자, 중국이 미다스를 사칭해서 투자받으려고 했다는 사실과 그런 짓까지 해야 할 정도로 중국의 상황이 안 좋다는 사실이 알려지면서 투자가 무서울 정도로 빠르게 빠져나가기 시작했다.

대놓고 전 세계를 속이려고 하는 나라에 투자할 만큼 속 좋은 투자자는 없으니까.

"중국은 미치려고 하더군."

송정한은 만족스러운 결과에 미소를 지었다.

"중국에서는 아니라지만 뭐, 그 말을 누가 믿어야지."

"다행이네요. 이제는 그 누구도 미다스를 사칭하지는 않겠네요."

노형진 역시 만족스러운 결과에 미소를 지을 수 있었다.

"물론 이 정도로 중국이 넘어가지는 않을 거야. 중국 자체는 엄청난 시장이야. 외부의 지원이 없다고 해도 스스로 살아남을 정도의 힘은 가지고 있지."

"알고 있습니다. 다만 피해자가 없다는 게 다행인 거죠. 성공했으면 피해자가 수십만 명이 될 수도 있는 일이었습니다. 더군다나 진짜로 반도체 굴기가 성공해서 중국이 미국을 위협했을지도 모르고요."

노형진의 말에 송정한은 고개를 절레절레 흔들었다.

"피해자가 없다라……. 글쎄, 그럴까?"

"네? 제가 모르는 피해자가 있습니까?"

투자금은 중국으로 넘어가지 않았고, 당연하게도 실제 투자가 이루어지지도 않았다.

일부 계약금이 들어온 것도 그냥 돌려주면 그만이다. 양쪽 다 속았으니 한쪽이 그 책임을 뒤집어쓸 필요가 없으니까.

"자네는 못 들었나 보군."

"무슨 일이 있었습니까?"

"있었지. 투자받은 놈들이 좀 문제가 많아."

쓰게 웃는 송정한이었다.

⚖

그 시각, 공교림 의원은 무릎을 꿇고 싹싹 빌고 있었다.

"살려 주십시오. 박 회장님, 김 회장님."

"공 의원, 아니 교림아. 네가 미쳤구나. 그 돈이 감히 어떤 돈이라고 처먹어? 어?"

그 말이 끝나기 무섭게 옆에 있던 조폭이 공교림의 얼굴을 발로 후려 깠다.

충격에 바닥을 데굴데굴 구른 공교림은 후다닥 제자리로 돌아와 다시 무릎을 꿇었다.

"그게……."

"그래서 못 준다 이거지?"

"최선을 다하겠습니다!"

"그래, 최선을 다해야 할 거야. 전직 국회의원이 자살했다는 뉴스가 나가는 걸 가족에게 보여 주기 싫으면."

공교림은 미칠 것 같았다.

'아니, 미친 새끼들! 작작 좀 해 처먹지.'

수조 원대의 투자가 결정되었고 계약금이 들어왔다. 여기까지는 좋았다.

하지만 그걸 관리하는 새끼들이 계약금을 슬금슬금 해 처먹은 거다.

조금 해 처먹은 것도 아니다. 무려 100억이나 해 처먹어 버렸다.

자기들 딴에는 무려 3조 원 중에서 고작 100억 정도는 티도 안 날 거라 생각했을 거다.

하지만 투자받던 조직이 세 개였고 한 곳에서 받은 투자가 대략 1조였다. 그리고 계약금으로 받은 게 1천억이니까 무려 10%나 해 처먹은 거다.

물론 투자가 계획대로 이루어졌다면 문제가 안 되었을 거다.

하지만 미다스는 중국이 보낸 사기꾼이라는 사실이 드러났고 그 돈을 돌려줘야 하는 상황이 되었는데, 이 새끼들이 벌써 100억이나 해 처먹었던 것.

물론 공교림도 해 처먹었지만 100억이나 해 먹지는 않았다.

당연히 돈을 돌려 달라는 사람들 중에서 위험한, 특히 국제분쟁이 일어날 수도 있는 사람들 위주로 먼저 돌려주고 나자 정작 현금으로 투자금을 미리 줬던 사채꾼들에게는 줄 돈이 없었다.

당연히 사채꾼들은 눈이 돌아가서 공교림에게 들이닥친 것.

아무리 공교림이 국회의원이라지만 그들에게 찍혔으니 이제 다음 선거는 물 건너간 상황이다.

문제는, 이리저리 아무리 맞춰도 절대로 부족한 돈을 메꿔 줄 수 없다는 거다.

공교림의 전 재산을 다 꼬라박는다고 해도 말이다.

'씨팔. 망했다.'

공교림은 울상이 되었지만, 해결 방법이 없었다.

그리고 공교림 외에도 몇 명의 정치인들이 피눈물을 흘리면서 누구도 모르게 정재계에서 강제적으로 은퇴하고 있었다.

자식이라는 조건

　한창 한쪽에서 가짜 미다스에 대한 추적이 이루어지고 있
을 때 노형진에게는 생각지도 못한 사건이 들어왔다.

　그리고 그 난이도는 노형진조차도 고개를 절레절레 흔들
정도였다.

　"친생자 관계 존재 확인 소송?"

　"응, 오빠. 이거 이길 수 있겠어? 솔직히 이거 진짜로 힘들
것 같거든."

　"이야, 이걸 후안무치라고 해야 하나, 인간도 아니라고 해
야 하나."

　사건 기록을 읽던 노형진은 고개를 절레절레 흔들었다.

　"이제 와서 돈 때문에 이런다고?"

"그러니까. 완전히 썅년이라니까."

서세영은 치가 떨린다는 듯 질린 표정으로 말했다.

"아니, 그동안 부모님을 모신 게 누군데 이제 와서 친생자 관계 존재 확인 소송을 걸어?"

"끄응…… 그런데 이건 진짜로 곤란한 문제가 있기는 하네."

친생자 관계 존재 확인 소송이란 쉽게 말해서 이 사람이 내 자식이 아니라는 걸 증명하는 소송이다.

친생자 관계 부존재 소송과 마찬가지로 부모와 자식 관계를 부정하는 사항이지만 조금 다른 부분이 있다.

친생자 관계 부존재 소송은 부모가 자식에게만 걸 수 있다. 그래서 입양을 파양하거나 하는 목적으로 많이 이루어진다.

그러나 친생자 관계 확인 소송은 부모가 아니라 관련이 있는 제3자가 걸 수 있다.

그리고 이 제3자가 걸 수 있다는 규정 때문에, 이 친생자 소송은 최소한 형제나 자매 또는 가족이라고 생각했던 사람들이 싸우는 원인이 된다.

쉽게 말해서 부모가 죽은 후 재산을 노리고, 한때 형제였던 사람이 입양된 다른 형제에게 소송을 거는 게 가능하다는 소리였다.

"문제는 이걸 증명할 방법이 없다는 거야."

"흠."

"화란연이라는 이 여자도 진짜 독하다. 이거 노린 것 같지?"

"그렇지, 뭐."

화란연은 이번 소송을 걸어온 여자다. 그리고 소송을 당한 사람에게는 이모가 되는 사람이다.

"재산이 어마나 되는데?"

"40억쯤?"

"적지는 않지만 그래도 그렇지."

이 친생자 관계 확인 소송을 걸 수 있는 사람은 관련자라면 누구나 가능하다.

형제라든가, 아니면 부모의 형제 같은 사람들 말이다.

그리고 이 친생자 소송의 원인은 간단했다. 바로 재산.

부모가 죽으면서 자식인 김도수가 40억에 달하는 재산을 물려받게 되었다.

그런데 화란연의 말에 따르면 두 사람의 자식인, 아니 최소한 자식이라고 생각했던 김도수는 친자식이 아니었다.

원래 잘살았던 김도수의 아버지와 어머니의 집에서 일하던 여자가 버리고 도망간 아이인데, 그 당시에 아이가 없었던 김도수의 아버지가 불쌍히 여겨 데리고 있다가 학교를 다닐 나이가 되자 어쩔 수 없이 가족으로 호적을 올려 키웠다는 것이다.

그리고 실제로 기록상에 보면 김도수의 출생 기록이 올라온 시기는 일곱 살. 그러니까 학교에 입학하기 바로 직전이었다.

이 경우는 입양이 성립하지 않는다.

입양에 대한 동의도 없었고, 또 당사자 간의 합의도 없었으며, 보호자의 동의도 없었으니까.

원래 김도수의 부모에게는 김도수 말고 자식이 한 명 더 있었다.

딸로, 김도수에게는 누나가 되는 사람이었다.

하지만 사고로 죽었기에 두 사람은 김도수를 자식처럼 키웠다고.

"그런데 이 경우는 분명히 입양된 게 아니란 말이지."

그리고 이 경우 김도수의 어머니의 자매인 화란연은 이해당사자로서 분명 친생자 관계 확인 소송을 걸 수 있다.

왜냐하면 김도수가 없다면 화란연은 김도수의 어머니의 유일한 상속자가 되며 40억이라는 재산을 독식할 수 있기 때문이다.

반대로 김도수가 자식으로 인정된다 해도 본래대로 40억이 모조리 김도수의 몫이 되는 선에서 마무리되는 만큼, 화란연 입장에서는 이런 소송을 걸어도 손해 볼 게 없었다.

"문제는 이게 진짜라는 건데……."

법적으로 상속은 혈족 또는 입양이 정식으로 이루어진 사람에게만 인정된다.

그런데 김도수의 경우는 이에 해당되지 않는다.

화란연의 주장에 따르면 단순히 버려진 애를 불쌍해서 데리고 있었던 것뿐이며, 의무교육 시기가 다가오자 학교에 보내기 위해 명의를 올려 준 것뿐이라는 거다.

법적으로 보호자의 동의나 합의가 없었기 때문에 실제로 이런 경우 입양은 무효가 되며 재산은 전부 화란연이 가지고 가게 된다.

"원래는 이런 목적이 아닌데 말이지."

원래 친생자 관계 확인 소송은 병원에서 아이가 바뀌었을 때 이를 확인하거나, 아니면 배다른 형제간의 재산 문제를 다투기 위해 만들어진 법이다.

예를 들어 아버지가 어디서 배다른 형제를 데리고 왔다면, 그리고 그걸 어머니가 인정하지 않았다면, 설사 아버지가 친자식으로 올렸다고 해도 친생자 관계 확인 소송을 통해 배다른 형제는 부모님의 사후 어머니 재산에 대한 재산 분할을 청구하지 못하게 된다.

왜냐하면 아버지는 실제 아버지가 맞지만 어머니는 실제 어머니가 아니니까.

"하지만 이건 사실상 자식으로 인정한 게 맞지 않아?"

"확실히 그렇지."

나중에 어떤 생각을 했든 자식으로 입양했고 실제로 초등학교부터 대학원까지 보내 주었다.

거기다 김도수는 두 부모님을 최후의 순간까지 부모로 알고 모시고 살았다.

아버지가 암으로 돌아가신 후에 어머니에게 치매가 왔지만, 최선을 다해 모시다가 떠나보냈다.

그런데 그런 상황에서 갑자기 이모라는 작자가 소송을 건 것이다.

"이건 아무리 봐도 노린 것 같네. 그것도 제대로 노렸어."

만일 김도수의 부모님이 살아 있다면, 그래서 입양에 대한 증언을 구할 수 있었다면, 어쩌면 김도수는 이 소송에서 이길 수 있을지도 모른다.

하지만 양친은 모두 돌아가셨고 당연히 이 입양에 대해 아는 사람은 단 한 명, 화란연뿐이다.

그러나 화란연은 도리어 소송을 걸어서 김도수에게서 돈을 빼앗으려고 하는 상황.

"일단은 이 기록대로라면 실제로 입양된 건 아니란 말이지."

화란연의 말대로 초등학교를 보내기 위해 자식으로 올린 것뿐이라면 현재 상황에서는 이길 방법이 없다.

"법적으로 너무 잔인한 거 아냐? 의뢰인이 반쯤 혼이 나갔던데."

"그럴 만하지."

평생을 부모님으로 알고 모시고 살았다. 그리고 자식으로서 최선을 다했다.

그런데 이제 와서 부모님이 아니라고?

그리고 그것만으로도 부족해서, 그동안 이모라고 불렀던

사람이 돈 내놓으라며 소송을 건다?

"자신의 인생이 통째로 부정당하는 느낌일 테니까."

그 상황에서 맨정신을 유지할 수 있는 사람은 거의 없다고
봐도 무방하다.

"내가 이리저리 알아봤지만 도무지 방법이 없어 보이는데
오빠는 방법이 있을까?"

"글쎄. 쉽지가 않네."

입양했다는 증언을 해 줄 만한 사람이 전혀 없는 상황.

"일단은 만나 봐야겠다."

달리 뾰족한 방법이 없는 건 똑같았기에, 노형진으로서는
방법이 그것뿐이었다.

⚖

김도수는 서세영의 말대로 반쯤 영혼이 나가 있었다.

"죄송해요. 남편이 요즘 상태가……."

"아닙니다. 이해합니다."

김도수의 아내는 미안한 듯 말했지만 노형진은 괜찮다고
손짓하면서 자리를 권했다.

"소송 이후의 상황은 어떤가요?"

"충격이 워낙 커서 지금은 정신과 치료를 받고 있습니다."

힘겹게 말하는 김도수.

애써 정신을 차리려고 하는 듯했지만 여전히 그의 눈빛은 흐릿하기 그지없었다.

"그러면 처음 이 사실을 알게 된 건 언제입니까?"

"그게…… 어머니가 돌아가시고 바로 다음 날입니다."

"바로 다음 날요?"

노형진은 그 말에 기가 막혀서 말이 안 나왔다.

"네."

어머니가 돌아가시고 나서 장례를 치르기 위해 장례식장을 문자로 보낸 바로 그다음 날 화란연이 들이닥쳐서 '너는 우리 집안 사람이 아니니 돈 내놓고 꺼져라.'라고 했다는 거다.

'자기 자매가 죽었는데 그다음 날 그랬단 말이지.'

"그러면 평소에도 사이가 안 좋았겠네요?"

"이모요? 아니, 이제는 이모가 아니네요. 네, 저희 집과는 왕래가 없었습니다. 어머니도 별로 안 좋아했고요."

"왜요?"

"이모가 사치가 너무 심했거든요."

어머니는 시집올 때 혼수를 거의 못 해 가지고 왔다고 한다. 이모가 저지른 사고를 틀어막느라 외가에서 돈을 거의 다 썼기 때문이다.

"그런데도 정신을 못 차리고 사치를 일삼았다고 하더군요. 용케 시집은 갔지만 그 사치 때문에 결국 이혼당했고요. 그래서 애도 없이 혼자 살고 있어요."

외할머니와 외할아버지가 돌아가시고 나서 정신을 차렸다면 모르겠지만 그러기는커녕 여전히 문제만 생기면 해결해 달라고 찡찡거려서, 나중에는 아예 연을 끊고 살다시피 했다고.

"그러면 화란연 씨는 어디서 살고 있습니까?"

"지금은 정부에서 지원받아서 영구 임대주택에 살고 있다고 알고 있습니다."

확실히 그런 상황이면 40억이라는 돈이 탐날 수밖에 없기는 할 것이다. 이해는 한다.

"하지만 여전히 이해가 안 가는 게 있네요."

"네?"

"장례식장에 찾아와서 돈을 내놓으라고 했다고요?"

"네, 그런 식으로 말하기는 했지요."

노형진은 그 말에 고개를 돌려서 서세영을 바라보았다.

"너도 알았어?"

"알았지. 그런데 그게 왜?"

"보통 이런 경우는 뒤에 누가 있거든."

"누가 있다고?"

"그게 무슨 말씀이십니까?"

노형진의 말에 그 자리에 있던 모두가 고개를 갸웃했다.

누군가 돕고 있다는 징후 같은 건 전혀 알아채지 못했으니까.

하지만 노형진은 그렇게 생각하지 않았다. 이건 누군가 있을 수밖에 없는 상황이었다.

"사람의 욕심이라는 건 말이야, 결국 상황에 따라 달라져."

"그게 뭔 소리야?"

"변호사 상담료가 절대 싼 건 아니라는 거지."

현대 변호사 상담료는 한 시간당 10만 원이다.

변호사회에서는 더 받으라고 하고 있지만 현실적으로 그 비용보다 더 많으면 사람들이 부담된 나머지 아예 상담 자체를 못 받게 되기 때문에 대부분의 변호사들은 시간당 10만 원을 맥시멈으로 생각하고 있었다.

"지금 김도수 씨 나이가 마흔이야. 그리고 화란연 씨의 나이는 68세지."

"그런데?"

"68세에, 무직에, 정부에서 지원하는 영구 임대주택에서 사는 사람이 법에 대해 얼마나 잘 알겠어?"

"음……."

"친생자 관계 확인 소송은 사실 법률계에서는 거의 이루어지지 않는 소송이란 말이지."

왜냐하면 요즘은 정식으로 입양이 이루어지지 않으면 호적에 올리는 것 자체가 아예 불가능하기 때문이다.

그리고 정식으로 입양이 이루어지면 친생자 관계 확인 소송을 걸어 봐야 무조건 거는 쪽에서 패한다.

그리고 그걸 말해 주지 않는 변호사는 없다.

"즉, 과거의 일부를 제외하고는 지금에 와서는 어설픈 방식으로 올라가지 않아. 그리고 설사 입양이라고 해도 친생자 관계 확인 소송에 해당된다는 것을 대부분은 모르거든."

확실히 친생자 관계 확인 소송은 현재 법률계에서는 무척이나 희소한 소송이고, 변호사에 따라 다르지만 어떤 변호사들은 평생에 걸쳐서 한 번도 해 볼 일이 없을 정도로 그 빈도가 낮은 소송이기도 하다.

"그런데 김도수 씨의 어머니가 돌아가시자마자 친생자 관계 확인 소송을 걸었단 말이지?"

어머니를 잃은 것도 충격인데 이런 소송까지 당했으니 김도수가 반쯤 정신이 나가도 이상할 게 없기는 하다.

"그런 걸 미리 알고 다 준비했다가 언니가 죽자마자 소송을 건다고?"

더군다나 화란연은 공부와는 담을 쌓고 막살았던 고졸이라고 한다.

그나마도 화란연이 사고 칠 때마다 집에서 꾸역꾸역 막아가면서 어떻게든 졸업만 시킨 거라고.

설명을 가만히 듣고 있던 김도수가 떨리는 눈빛으로 입을 열었다.

"그럼 누군가가 이모님에게 소송하라고 자극한 거라고요?"

"그럴 가능성이 높아 보이는데 말이죠."

노형진은 턱을 만지작거리면서 말했다.

"일반인은 입양이 이루어지면, 아니 정확하게는 자식처럼 키우면 내 자식이라는 개념으로 접근합니다. 물론 친척이 부모님 사후에 입양이라는 사실을 밝히며 소송을 할 수도 있죠. 하지만 그건 어디까지나 입양 사실을 알고 있는 사람이 어떻게 돈이나 좀 뜯어내 볼까 생각하는 거죠."

아무리 입양이라지만 입양 과정이 끝난 이상 제1순위 상속권자는 자녀이기 때문에 당연히 그 돈을 빼앗아 가는 건 불가능하다.

"더군다나 김도수 씨가 40세이시니, 실제로 김도수 씨를 입양한 때는 거의 40년 전이라는 겁니다."

화란연의 주장에 따르면 김도수가 태어난 지 3개월쯤 되어서 어미가 버리고 도망갔다고 했으니까.

"그런데 40년을 키웠다면 보통은 그냥 자식이라고 생각하죠. 실제로 김도수 씨도 그렇게 느낀 것 같고요."

"네……."

친가도 외가도 김도수를 예뻐하고 손자로서 대해 줬지, 남의 자식으로 대한 적은 없었다.

그랬기에 김도수가 자신이 주워 온 아이라는 걸 전혀 몰랐던 것이다.

"다만 어머니가 이모님이랑 거리가 있는 건 사실이었으니까요."

"그것과 별개로 김도수 씨를 조카라고 인식했을 겁니다."

그런데 그런 사람이 갑자기 왜 소송을 건 걸까?

"보통 이런 소송은 바로 들어오지는 않습니다."

조카에게서 어떻게 돈 좀 뜯어내고 싶은 인간들이 변호사들에게 상담을 요청해 올 경우, 변호사들이 그런 그들에게 해결책으로 제시하는 게 바로 친생자 관계 확인 소송이다.

물론 대부분은 사기에 가깝다.

실제로 입양이 제대로 이루어졌다면 친생자 관계 확인 소송은 절대로 이길 수가 없으니까.

그냥 변호사들 중 일부 질이 안 좋은 놈들이 수임료를 뜯어내기 위해 소송을 걸라고 부추기는 것일 뿐이다.

"보통은 그 과정이 못해도 3개월은 걸립니다."

일단 재산 문제로 멱살 좀 잡고 싸우고 소새끼 개새끼 좀 찾다가 자연스럽게 사이가 틀어진 뒤에야 변호사와 상담하니까.

"더군다나 정상적인 변호사라고 하면 턱도 없는 소리거든."

일반적인 변호사들은 이런 사건이 들어오면 입양이 정상적으로 이루어진 걸로 추측해서 못 이긴다고 설명하니까.

실제로 김도수의 경우가 특수한 거지, 대부분의 사건은 입양이 정상적으로 이루어진 경우라 돈을 빼앗으려는 친척들은 어떻게 해서든 자기 말을 들어 주는 질이 안 좋은 변호사를 찾으려고 한다.

그게 변호사에게 속아서 돈을 퍼 주는 것이라는 사실도 모른 채로 말이다.

그래서 짧아도 3개월, 길면 연 단위로 들어간다.

"확실히 소송이 갑자기 욱해서 이루어지지는 않지."

서세영도 그 부분에는 동의했다.

보통 소송은 치밀한 준비와 상담 끝에 이루어진다.

그런데 김도수의 부모님이 죽자마자 바로 돈을 내놓으라고 하고, 김도수가 정신 차릴 틈도 없이 친생자 관계 확인 소송을 건다?

"누가 미리 어드바이스를 했다는 거네? 오빠 생각에는 말이야."

"흔한 일이야. 솔직히 이게 작은 사건은 아니잖아. 우리 새론도 기획 소송을 하고 있고."

다만 새론은 불법행위에 대항해서 기획 소송을 하는 곳이지, 이런 식으로 선량한 피해자를 만드는 곳은 아니다.

"아마도 김도수 씨의 부모님은 어떻게든 친자식으로 올렸으니 문제가 될 거라고는 생각도 못 했을 겁니다."

그럴 만도 하다.

애초에 거의 아이가 태어나자마자부터 키웠으니 자신이 버려졌다는 것도 기억 못하는 애다.

그런 애를 아무리 늦게라곤 하지만 친자식으로 올려놨는데, 어떤 부모가 '나중에 친생자 관계 확인 소송이 들어올지 모르니 사후 승인이라도 해 두자.'라는 식으로 자식이 성인이 된 후에 당사자 간에 입양 과정을 종결시켜 두겠는가? 그냥 '내 자식이다.'라고 생각하고 조용히 키우지.

"재산이 40억이라고 하면 승리 보수도 두둑하니까."

사건에 따라 달라지겠지만 이런 사건이라면 승리 보수로 10%는 청구할 수 있고, 그러면 못해도 4억은 생기는 거다.

"아니, 그러면 대체 누가 충동질을 했다는 거야?"

"멀리 갈 필요가 있나?"

그런 법에 대해 잘 아는 사람도 많지 않고, 애초에 그런 걸 충동질해서 이득을 볼 사람은 사실 뻔하다.

"화란연에게 내연남이 있나?"

"글쎄. 그럴 것 같지는 않은데."

화란연의 나이가 적은 것도, 돈이 있는 것도 아니다.

설사 내연남이 있다고 해도 그가 미리 이런 준비를 할 정도의 인물일 거라고 보기는 힘들다.

"설마 변호사라고?"

"정답."

"설마!"

"생각보다 돈 욕심에 선을 넘는 변호사들은 많아."

"하지만 변호사가 어떻게 화란연에게 접근해서 그런 걸 하자고 충동질을 한다는 거야?"

같은 세계에 사는 사람이라면 모른다.

하지만 같은 대한민국의 국민이라고 해도 영구 임대주택에 사는 사람과 변호사가 사는 세상은 전혀 다르다. 누군가가 다른 누군가를 찾아가지 않는 이상 말이다.

고졸에 사치만 심한 화란연이 변호사들을 찾아다니며 과거의 일을 이야기하면서 돈을 빼앗을 방법을 미리미리 확보했다고 생각하기는 힘들다.

물론 그런 욕심이 있을 수야 있겠지만, 자기 생활 기반도 없는 사람이 시간당 10만 원이라는 상담료를 마음 편하게 내기는 힘드니까.

"결국은 화란연에게 변호사가 접근했다는 건데, 이건 말이 안 되는데?"

"그게 문제이기는 한데……."

김도수의 입양 불성립 사실을 아는 건 사실상 화란연 한 명뿐이다.

김도수의 양부모님은 두 분 다 돌아가셨고 친부모님이 이제 와서 그에 대해 떠들 이유는 없다.

그나마 조부와 조모 세대는 알겠지만 그들 역시 돌아가신 지 오래.

결국 집안 내부에서 진실을 아는 건 화란연 한 명뿐이라는 거다.

"부모님의 천척들은?"

"힘들지 싶은데."

김도수의 친가는 왕래가 거의 없다시피 하고, 설사 왕래가 있다고 해도 상속에 대해서 권한이 없으니 관심이 없을 가능성이 크다.

더군다나 그쪽이 입양이 어떻게 이루어졌는지 기억할 가능성은 터무니없이 낮다.

그리고 양어머니는 형제라고는 화란연 한 명뿐이다. 즉, 친척들이 이제 와서 이야기할 이유가 없다.

"더군다나 이걸 문제 삼으려고 했다면 벌써 오래전에 문제를 터트렸겠지."

현재 상황을 보면 입양이 당사자 동의 없이 이루어졌다는 걸 증명할 수 있는 사람은 오로지 화란연 한 명뿐.

"변호사가 왜……."

"글쎄요. 그게 의문이군요."

변호사는 어떻게 그 사실을 알고 화란연에게 접근해서 위임을 받은 것일까? 노형진은 왠지 머릿속이 복잡했다.

⚖️

변호사들은 대부분 소송이 시작되면 글자 하나 법률 하나에 목매면서 싸우지, 고소인이나 피고소인의 과거에 대해서는 그다지 신경 쓰지 않는다.

하지만 노형진은 그렇게 생각하지 않았다. 때때로는 의뢰인의 과거도 중요하다고 생각했다.

특히 이번 사건의 경우는 과거에 벌어진 일이다.

지금에 와서 고칠 방법이 없었기에 노형진은 과거에서 정보를 찾으려고 했다.

그리고 그 과정에서 생각지도 못한 정보를 얻을 수 있었다.

"처벌요?"

고문학은 그 말에 고개를 끄덕거렸다.

"네. 화란연은 형사처벌을 받은 기록이 있습니다. 정확하게는 해당 아파트에서 옆집과 분쟁이 있었고, 그 분쟁으로 인해 형사고소를 당했습니다."

"고소까지 당한 걸 보니 생각보다 심각했나 보죠?"

"네. 자기 마음에 안 든다고 옆집에 살던 노인을 폭행했거든요."

사건 자체는 단순했다.

요즘은 영구 임대주택을 아예 따로 건물을 지어서 올리는 경우가 많은데, 그 건물 역시 그런 형태였던 것.

화란연의 옆집에 사는 할머니는 생계를 위해 폐지를 모아야 했는데, 화란연이 그게 공용 복도에 있었다는 이유로 자신이 가져다 팔아 버린 것이다.

큰돈이 되는 건 아니지만 거기에 사는 사람들에게는 생계가 달린 일이었기에 결국 싸움이 붙었고, 화란연은 자신에게 따지는 옆집 할머니를 폭행했다는 것.

"그리고 그 사건으로 인해 국선변호인이 붙었습니다."

"설마 그 변호사가……?"

"네, 맞습니다. 화란연의 현재 변호사입니다."

노형진은 그 말에 눈을 찡그렸다.

두 사람이 어디서 어떻게 만났는지 알 수가 없어서 궁금하기는 했다.

하지만 지금 중요한 건 그게 아니었기에 과거에 대해 조사하고 있었는데 생각지도 못한 곳에서 흔적이 나온 것이다.

"끄응, 미친놈."

대충 상황이 이해가 간다. 화란연이 돈을 낼 수 있을 리가 없었으니까.

"실제로 생계 곤란을 이유로 검찰에서도 기소유예 처분을 내렸습니다."

훔친 것도 만 원도 안 되는 폐지였고, 화란연이 옆집 할머니를 때렸다지만 밀려서 넘어진 수준인 데다 멍든 곳도 없었기에 처벌은 그냥 기소유예로 끝.

하지만 법률상 일단 경찰에 접수되면 국선변호인을 붙여줘야 하는데 하필이면 그 인간이 지금 사건을 변호하는 그 변호사였던 것이다.

"아니, 무슨 일이 그렇게 뜬금없이 넘어가?"

서세영은 이해가 가지 않아서 되물었다.

폭행 사건의 국선변호인이 왜 갑자기 친생자 관계 확인 소송으로 방향을 바꾼단 말인가?

"냄새를 맡은 거지."

"냄새?"

"내가 전에 말했지, 국선변호인이 다 착한 놈들은 아니라고."

새론에서는 의무적으로 국선을 하게 해서 현장을 직접 느끼게 하지만, 반대로 국선변호인 중 일부는 상대방을 속일 목적으로 접근하기도 한다.

국선변호인으로서 제대로 일하기보다는 상대방을 살살 구슬려서 국선이 아니라 정식으로 수임하게 하거나, 아니면 자신의 실력 부족으로 손님이 없으니까 일단 급하게 돈을 벌어 보겠다고 다가오는 거다.

"그리고 너도 알다시피 노인이 되면 진짜 하소연이 많거든."

소송이나 법적인 과정에서 개인의 감정이나 생각은 그다지 중요하지 않다.

육하원칙에 따라 모든 게 결정되는 게 재판이다.

그리고 어느 정도 기준이 결정된 다음 감경 사유, 즉 이 사람이 왜 그런 일을 했는가, 과연 처벌을 감당할 수 있는가 등을 따진다.

하지만 나이가 많은 사람들은 그냥 억울하다고 남을 붙잡고 하소연하는 경우가 많다.

그리고 그걸 들어 주다 보면 정말로 인생 이야기를 전부 듣게 되는 경우도 있다.

"설마?"

"불가능한 건 아니지."

실제로 김도수가 없다면 40억이라는 재산은 모조리 화란연 차지니까.

그리고 김도수가 입양된 것도 사실이니, 과거의 이야기를 하다 보면 그런 이야기가 나왔을 수도 있다.

"그 이야기를 듣다가 혹했다고?"

"가능한 일이야."

노형진은 습관적으로 턱을 긁적거리며 말했다.

"와, 변호사가 어떻게 그럴 수가 있지?"

"말했잖아, 돈이 없고 인성이 안 좋은 변호사가 없는 게 아니라고."

힘들게 변호사가 되었으니 떼돈을 벌 거라 생각했는데 떼돈은커녕 사무실 월세도 내지 못하는 상황에서, 승리하면 4억짜리 소송이란다.

거기다가 이건 상황만 봐서는 100% 승리다.

"그러면 혹할 수도 있지."

"끄응, 그걸 물고 늘어져야 하나?"

"그건 힘들지. 불법은 아니니까."

재판은 감정이 아니라 사실로 해야 한다.

물론 그 변호사가 이런 행동을 하는 게 도의적으로는 욕먹을 일이라 해도 불법은 아니다.

"그러면 어쩌지?"

"어쩌긴. 일단 계획대로 김도수 씨의 친모를 찾아봐야지."

화란연의 주장에 따르면 김도수의 친모는 원래 양부모의 집에서 일하던 사람이라고 했다.

실제로 김도수의 부모님이 가진 재산이 40억으로 적은 것도 아닌 이유가, 원래 좀 사는 집이었기 때문이다.

"다만 누구인지 모르겠단 말이지."

기록에 따르면 김도수의 양부모는 40년 전에 제법 커다란 식당을 했었다. 중간에 한 번의 사업 실패가 없었다면 아마 재산은 더 많았을 거다.

어찌 되었건 40년 전이면 1980년대인데, 그 시기에는 일하는 사람에게 월급을 현금으로 지급하는 문화가 강했다.

대기업 같은 경우는 은행을 통해 지급하는 문화가 조금씩 생기고 있었지만, 식당 같은 곳은 대부분 현금으로 지급했고 당연히 4대보험이니 뭐니 하는 것도 없었다.

"더군다나 식당도 20년 전에 망했고."

그러니 그 식당에 대해 아는 사람은 아무도 없었다.

심지어 식당이 있던 동네는 싹 다 재건축이 진행돼서 그 동네에서 오래 살던 사람들조차도 없는 상황.

"친모를 찾는 게 가능할까?"

서세영은 그런 상황에서 과연 친모를 찾는 게 가능할지 걱정스러웠다.

"솔직히 쉽지 않습니다. 그 당시 기록을 확인할 방법이 거의 없으니까요."

고문학도 부정적으로 말했다.

이런 일의 전문가인 고문학조차도 방법이 없다고 말할 정도라면 정말로 답이 없는 상황이기는 한 거다.

"친모라……."

노형진은 그 말에 고민했다.

'사이코메트리를 하는 건 불가능할 테고, 기록도 없고.'

심지어 그 부모에 대한 정보도 없다. 이름도, 사진도 없다.

그 순간 노형진의 머릿속에 무언가가 스치고 지나갔다.

노형진은 저도 모르게 반사적으로 외쳤다.

"역으로 그걸 이용하면 되지 않을까?"

그 외침에 놀란 고문학과 서세영이 일제히 노형진을 쳐다보았다.

"네?"

"오빠, 그게 무슨 소리야? 그걸 이용한다니, 친모를 말하는 거야? 친모를 어떻게 이용해? 친모에 대해 알아낼 방법이 있다는 거야?"

"일단은 저쪽에서 주장하는 게 그거잖아? 김도수의 입양은 당사자 간의 동의가 없이 이루어진 입양이고 법정대리인의 동의서도 없다고."

"그렇지?"

"그런데 그 증거는?"

그 말에 서세영은 어리둥절한 얼굴이 되었다.

"증거가 없으니까 내가 그렇게 고생했지?"

그 말에 노형진은 피식 웃었다.

"아니지. 증거는 주장하는 쪽에서 내미는 거야."

"그래서?"

"그러니까 이게 입양이 정상적으로 이루어지지 않았다는 증거를 저쪽에서 내놔야지."

그 말에 서세영은 눈을 찡그렸다.

"이미 내놨잖아."

실제로 자녀로 등록된 건 초등학교 입학 직전이었고, 화란연은 그게 하나의 증거라고 주장하고 있는 상황이다.

"그건 정황증거고."

"응?"

"입양이 종료된 시점에 대해서는 문제가 없다 이거지."

"무슨 소리야?"

"3개월 때 아이가 버려진 건 사실이야. 그런데 이쪽에서 초등학교에 입학할 때 정식으로 친모에게 동의를 얻어서 입양되었다고 주장하면 어떻게 되겠어?"

"그거야……."

그렇게 되면 서로의 주장은 상반된 상황이 된다.

실제로 미성년자의 입양은 나이에 대한 제한이 없다.

그렇다면 김도수에 대해, 부모님이 초등학교 입학 전에 입양을 결정하고 당사자의 동의를 얻어서 입양했다고 말한다면 어떻게 될까?

"음…… 그러면 화란연은 아니라는 증거를 내놔야 하네?"

"맞아."

물론 현재로서는 노형진의 그런 주장은 거짓말일 수도 있다.

하지만 그게 잘못된 것도 아니다. 변호사는 의뢰인을 보호하기 위해 거짓말하는 게 인정되니까.

진실과 정의로 재판이 이루어져야 하는 것은 형사재판이지, 민사재판은 기만과 속임수로 이루어진다고 해도 과언이 아니다.

어떻게 해서든 이겨야 하니까.

그래야 의뢰인이 입을 피해를 줄일 수 있으니까.

"여기서 문제. 지금 화란연은 동의가 이루어지지 않았다고 주장하는데, 과연 입양이 정말로 이루어지지 않았는지 확실하게 알까?"

"그거야……."

서세영은 아차 싶었다.

"힘들겠구나."

화란연은 집안에서도 내놓은 자식이다.

상식적으로 김도수의 양부모 재산이 40억대라면 동생을 위해 작은 집이라도 하나 얻어 줄 수 있다.

설사 재산의 대부분이 아버지에게 있었다고 해도 아버지가 돌아가신 지는 시간이 좀 흘렀으니 어머니가 동생이 불쌍해서라도 조금은 도움을 줬을지도 모른다.

"그런데 도움을 준 것 같지 않단 말이지. 이게 무슨 뜻이 겠어?"

"어······?"

즉, 사이가 틀어졌다는 거다.

"게다가 김도수 씨도 어머니가 화란연과는 사이가 좋지 않 았다고 말했지. 그렇다면 사이가 틀어진 사람이 입양과 같은 예민한 문제에 대해 알 수 있을까?"

"음, 그 부분은 생각해 보지 못했네."

"이게 가정 관련 소송에서 가장 흔하게 하는 착각이지."

가정과 관련된 소송에서 친척들은 자신들이 진짜 가족이 니까 저 재산은 자기 거라고, 입양된 애는 핏줄도 아닌데 무 슨 재산에 대한 권리가 있느냐고 생각한다.

법적으로 보면 완전히 개소리다.

"문제는 종종 판사나 변호사도 그런 착각을 한다는 거지."

가족이니까 그래도 다른 사람보다 친할 거라는 착각.

"요즘은 거의 안 쓰기는 하지만 이웃사촌이라는 말이 괜히 생긴 게 아니야."

물론 요즘은 이웃집에 누가 사는지는커녕 몇 명이 사는지, 남 자가 사는지, 여자가 사는지도 관심이 없는 시대이지만 그만큼 먼 곳에 사는 친척이나 가족은 거리기 있다는 의미이기도 하다.

"더군다나 재산이라는 건 말이지, 주기 싫다고 해서 못 주는 게 아니거든."

"그게 무슨 말이야, 오빠?"

"유류분이라는 게 있다는 거지."

김도수의 양부모만 재산이 있느냐? 그게 아니다.

당연히 김도수의 외할머니와 외할아버지에게도 재산이 있었을 거다.

"우리가 화란연과 사망한 김도수 씨 어머니 사이에 어떤 일이 있었는지는 모르지만, 과연 그런 성격의 소유자인 화란연이, 부모님이 언니한테만 재산을 모조리 주는 걸 그냥 두고만 봤을까?"

"어?"

"잠깐. 그러면 노 변호사님은 가족끼리 연을 끊은 원인에 유류분 청구 소송이 있을지도 모른다고 생각하신다는 겁니까?"

노형진은 고문학의 말에 고개를 끄덕거렸다.

"가능성이 아주 높지요."

유류분이 생긴 시기가 1977년인 만큼 화란연은 자기 지분만큼의 재산을 받아서 챙겼을 것이다.

"그런데 왜 저렇게 살고 있을까? 세영이 너도 알잖아, 집안과 가족이 싸우는 가장 큰 이유가 바로 재산이라는 걸."

"어?"

서세영은 그 말에 정신이 번쩍 들었다.

"주장이라는 건 그런 거지."

증명할 수 없다면 그건 의미가 없는 주장이 된다.

"지금 화란연은 분명히 자신만 아는 진실이라면서 김도수의 입양이 공식적으로 종결되지 않았다고 주장하고 있어. 그런데 말이야, 화란연이 다른 가족들과 싸웠다는 과거의 기록이 있다면 어떻게 될까?"

특히나 재산을 가지고 싸웠다는 기록이 있다면?

"주장의 신빙성이 떨어지겠네?"

"맞아."

다른 사람이 살아 있다면 화란연의 주장에 힘을 실어 주거나 할 수 있다.

하지만 살아 있거나 관련 사실을 알고 있는 사람이 없다.

"즉, 그렇게 되면 대등한 재판이 되거나…… 아니다. 이경우는 이쪽이 근소하게 유리해질 거야."

왜냐하면 증인으로서, 그리고 재산 수익의 당사자로서 화란연에 대한 믿음이 떨어지게 되기 때문이다.

"기록 추적할 수 있겠습니까?"

"추적하는 거야 어렵지 않지요."

고문학은 고개를 끄덕거렸다.

비공식적인 자료라면 모를까, 공식적으로 재판한 자료 정도는 쉽게 손에 넣을 수 있다.

"이제 반격할 타이밍이군요, 후후후."

다음 재판에서는 서세영 대신에 노형진이 나서기로 했다.

아무래도 서세영은 배우는 상황이라서 갑자기 방향이 바뀐 재판정에서 실수할 수도 있기 때문이다.

"씨팔, 왜 저 새끼야."

노형진을 본 화란연의 변호사 황마주는 기분이 영 찜찜해졌다.

"왜, 왜 그래요? 무슨 일이에요? 설마, 재판에 문제 있는 건 아니죠?"

그리고 그런 황마주의 말에 불안감을 느낀 건지 따지고 드는 화란연.

그런 화란연에게 황마주는 이를 박박 갈면서 말했다.

"걱정하지 마세요. 이건 이길 수밖에 없는 싸움입니다."

실제로 조사 결과, 입양이 성사된 시점은 초등학교 입학 직전. 그것도 제대로 입양된 것도 아니고 늦게 출생신고를 하는 방식으로 이루어졌다.

"만일 입양이 이루어졌다면 출생신고가 아니라 입양 신고가 이루어졌을 겁니다."

즉 화란연의 말대로 이 입양은 당사자 간의 동의가 없이 이루어졌다는 걸 의미하니, 그게 가능하다면 40억이라는 재산을 모조리 뜯어 올 수 있다.

"그러니까 이건 이길 수 있어요. 걱정하지 마세요."

"하지만…… 왜 그렇게 불안하게 굴어요?"

"그냥, 상대방이 노형진이라서 그렇습니다."

"대가리에 피도 안 마른 변호사 새끼가 뭐 어때서요?"

"좀 위험한 놈이라서요."

물론 노형진도 이제 나이를 먹고 중견 변호사로 한창 활동 중이다. 하지만 나이 70이 다 되어 가도록 인생을 헛살고 있는 화란연 같은 사람은 자신보다 나이가 어리면 그냥 무시하는 버릇이 있었다.

정확하게는 자신이 내세울 게 나이밖에 없기 때문에 그냥 애써서 노형진이 인생도 모르는 바보라고 정신 승리를 하고 있는 것일 뿐이지만 말이다.

"그래도 걱정할 거 없어요. 이건 못 이기니까."

황마주는 그렇게 말하면서 노형진을 바라보았다.

노형진 역시 그 시선을 느낀 건지 고개를 돌려서 그와 마주 보았다. 그러더니 싱긋 웃었다.

'젠장, 염병할 새끼! 왜 웃어?'

그렇잖아도 불안해 죽겠는데 뜬금없이 자신을 보고 웃자 황마주는 왠지 기분이 묘했다.

"개정하겠습니다."

그사이 재판이 시작되었고 판사들이 들어와서 자리를 잡았다.

"피고 측은 변호인이 바뀌었군요. 노형진 변호인."

"네, 재판장님."

"현재 사건에 대해 정확하게 이해하고 있습니까?"

"네, 재판장님. 사전에 충분한 이야기를 들었습니다."

"그러면 바로 속행하지요. 원고 측 변호인의 주장은 그대로입니까?"

"그렇습니다. 원고이자 증인인 화란연의 증언에 따르면 김도수의 입양 절차는 불법적으로 이루어진 절차입니다. 김도수의 친모에게 동의를 받은 적도 없으며 법적인 절차도 제대로 밟지 않고 무단으로 출생신고가 이루어진, 원천적으로 불법인 입양이라고 할 수 있습니다."

황마주는 자신이 있었다. 이 정도면 이길 수 있다.

실제로 시기도 그렇고 증언도 있으니, 완벽하게 친생자 확인 소송에서 이길 수 있다. 그는 그렇게 믿었다.

하지만 황마주의 그런 확신은 생각지도 못한 영역에서 틀어지기 시작했다.

"피고 측, 그에 대해 반박할 증거는 확보하셨나요?"

지난 재판에서 서세영은 황마주의 주장을 반박할 증거를 찾지 못해서 결국 휴정을 요청할 수밖에 없었다.

그랬기에 이번에도 반박하지 못하면, 재수 없으면 바로 선고기일이 잡힐 상황이고 패배가 확정되는 셈이다.

그러나 노형진은 그걸 뒤집을 자신이 있었다.

최소한 모든 걸 제로로 돌리고 이쪽이 좀 더 유리한 입장에서 재판을 다시 시작할 생각이었다.

"없습니다."

'이겼다!'

소리는 내지 못하고 주먹을 꽉 쥐는 황마주.

"만세!"

그리고 벌써부터 소란을 피우면서 만세를 외치는 화란연.

그 두 사람은 당연히 이겼다고 생각했다. 이 상황에서 서류가 없다는 것쯤은 알고 있었으니까.

하지만 다음 순간 그들의 얼굴에 당혹감이 서리기 시작했다.

"하지만 재판장님, 저는 원고 화란연의 주장에 진실성이 없다고 주장하고자 합니다."

"진실성?"

"네가 뭘 알아! 나 화란연이야! '유일한' 동생이라고!"

진실성이라는 말에 어리둥절한 얼굴이 되는 황마주와 소리를 버럭 지르는 화란연.

하지만 이어지는 노형진의 말에 두 사람은 아무런 말도 하지 못했다.

"맞습니다, 재판장님. 화란연 씨는 사망하신 화정자 씨의 유일한 동생입니다. 또한 친생자 관계 확인 소송에서 승리하는 경우 재산을 넘겨받을 가능성이 있는 유일한 상속자입니다."

"원고가 아무리 재산의 상속에 관련된 이해 당사자라곤 해도 단순히 그것만으로 증언을 부정할 수는 없습니다, 재판장님!"

황마주는 노형진이 뭘 노리는지 눈치채고는 재빨리 말을 끊었다.

'그게 먹힐 것 같냐?'

애초에 친생자 관계 확인 소송에서 당사자는 결국 이해관계인일 수밖에 없다.

자신의 상속순위가 낮거나 재산을 분할해 주기 싫은 사람이 아니라면 누가 자기 돈을 들여 가면서 이런 소송을 하겠는가?

그러니 저런 주장을 한다고 해도 재판장이 받아들여 주지 않는다.

"그래서 몇 가지 확인해 보고자 화란연 씨를 증인으로 요청하고자 합니다. 가능하시겠습니까? 오늘 불가능하다면 정식으로 다음 기일에 증인으로 신청하겠습니다."

"흠."

판사는 고민하다가 고개를 돌려서 화란연을 바라보았다.

"화란연 씨, 가능하겠습니까?"

그 말에 화란연은 황마주를 돌아보았다.

그러자 황마주는 다급하게 고개를 흔들었다.

"하지 마요."

"네? 하지만 어차피 다음번에 절 부른다고……."

당사자인 자신이 증인으로 소환되었는데 다음 재판에서 증인 출석을 거부할 수는 없다.

"이쪽도 방어할 준비를 해야 하니까요. 재판장님, 너무 갑작스러운 요청이라 이번 재판에서는 힘들 것 같습니다."

"피고 측 변호인, 원고의 증언이 절대적으로 필요합니까?"

"그렇습니다, 재판장님."

"그러면 다음 기일을 잡도록 하겠습니다."

애초에 오늘은 오래 재판할 생각이 없었다. 아직 화란연의 뒷조사가 끝나지 않은 상황이었기 때문이다.

'그렇다고 해서 이쪽에서 기일 변경 신청을 하는 건 하수지.'

그런 행동은 이쪽이 코너에 몰렸다고 저쪽이 착각하게 할 수도 있다. 하지만 이쪽에서 공격적으로 나가면 저쪽은 움츠러들 수밖에 없는 상황.

'자, 다음 재판에서 두고 보자고, 후후후.'

결국 재판은 시작된 지 30분도 되지 않아서 끝났다.

뒤에서 지켜보고 있던 서세영이 노형진에게 다가왔다.

"오빠, 어떻게 생각해?"

"황마주라고 했던가? 아무래도 생각보다 더 많이 받아먹기로 한 모양인데."

"너무 좋아해서?"

"응."

더군다나 기록을 보면 황마주는 실력이 좋은 변호사는 아니었다.

"애초에 변호사로서 재능이 있는 사람도 아닌 것 같고."

"재능이 없는 사람이라고?"

"너, 로스쿨 제도가 왜 생겼는지는 알지?"

"알지."

"그 목적 중에는 전문적인 영역에 대한 변호 능력의 향상도 있거든."

사법시험은 오로지 법률적 시험만을 기준으로 뽑다 보니 전문적인 영역에 대한 판단 능력이 떨어졌다.

그래서 그걸 보충하기 위해 로스쿨은 법대 출신이 아닌 다른 전공 출신이라고 해도 들어올 수 있는 방식으로 운영되고 있다.

가령 임진기처럼 의사 출신이라면, 의료 소송에서 전문적인 영역을 파고들 수 있다.

"그런데 황마주는 육사 출신이야."

"응? 그게 상관있나?"

"상관있지."

육사 출신이라는 것 자체가 공부는 잘한다는 뜻이다.

하지만 창의성? 그런 건 기대하기 힘들다.

"보통 육사 출신이 저 나이대에 나오는 이유는 초대형 사고를 치고 장기에서 떨어졌기 때문이거든."

현재 황마주의 나이를 생각하면 대위를 간신히 달고 나왔다는 건데, 육사 출신은 최소 소령까지는 어지간하면 달아주는 편이다.

왜냐하면 군대에서 연금 수령 조건이 20년 근속인데, 군대

시스템 특성상 소령은 달아야 가능하기 때문이다.

"그런데 그게 이번 사건하고 무슨 관계야?"

"지피지기 백전불태라는 말이 있잖아."

상대방 변호사에 대해 잘 알면 당연히 재판에서도 유리해진다. 재판에서 중요한 건 상대방 의뢰인의 성향이 아니라 상대방 변호사의 성향일 정도다.

"저런 타입은 공부는 잘하지만 아마도 융통성은 없을 거야. 더군다나 군대란 조직은 융통성…… 아니다. 이 경우는 융통성보다는 창의성이라고 해야겠구나. 창의성이 없는 조직이지."

그러면서 노형진은 나가는 황마주를 힐끔 보았다.

"그리고 변호사들에게 창의성이 얼마나 중요한지는 너도 알지?"

"알지."

변호사 시험? 당연히 공부를 잘하는, 정확하게는 암기 잘하는 사람이 유리하다.

하지만 현실 재판에서는 창의성이 떨어지면 거의 100% 두들겨 맞다가 패한다.

사건의 종류는 수천 건이고 각 사건마다 형태가 다른데 창의력이 떨어지는 변호사는 그걸 커버할 능력이 안 되기 때문이다.

"그러니까 저쪽은 우리가 뭘 하려고 할지 꿈에도 생각 못할걸."

노형진은 씩 하고 웃었.

가죽 같은 관계

"뭐라고 하든 이쪽에 유리하게 말해요."

"위험하지 않아요?"

"노형진이 뭔 짓을 할지 모르니까 무조건 유리하게 해요."

"하지만 그 뭐냐? 그 위증죄인지 나발인지가……."

"원고는 위증죄 처벌 안 받으니까 걱정하지 말고."

사건에서 재판의 당사자는 증인으로서 선서하고 거짓말로 증언해도 위증죄로 처벌받지 않는다. 왜냐하면 법적으로 보면 당사자는 증언 능력이 인정되지 않기 때문이다.

정확하게 표현하자면 증인으로 부를 수는 있지만 재판의 당사자로서 이권이 걸려 있기 때문에 재판부가 그의 증언을 확신을 가지고 믿지 않는다는 소리였다.

'물론 과태료는 좀 내겠지만.'

그래도 노형진이 어떤 식으로 공격할지 모르는 상황에서 황마주가 할 행동은 결국 이쪽에 유리하게 거짓말을 시키는 것이었다.

"진짜로 처벌 안 받는 거죠?"

"네, 위증죄로 처벌 안 받으니까 걱정하지 말고."

차마 과태료 이야기는 못 하는 황마주였지만 그 말을 믿고 화란연은 고개를 끄덕거렸다.

"피고 측, 먼저 증인신문 하세요."

재판장이 말하자 노형진은 화란연에게 다가가서 물었다.

"증인."

"네."

"증인은 사망한 화정자 씨와 친했습니까?"

"당연하죠. 자매끼리 친한 건 당연한 거 아닌가요?"

'그래, 그게 함정이지.'

이런 소송을 거는 놈들이 가장 많이 사용하는 심리적 함정.

'우리는 가족이니까 친했다. 그러니까 권리는 우리에게 있다.'라는 함정.

하지만 세상을 살아 본 사람들은 안다, 때때로는 원수보다 더한 관계의 가족도 있다는 걸.

그리고 노형진이 봤을 때 화란연과 화정자는 딱 그런 관계였다.

"그러면 마지막으로 연락을 주고받은 게 언제입니까?"

"한…… 6개월쯤 되었죠?"

"그래요? 이상하군요. 친했다면서요?"

"언니가 말년이 안 좋았잖아요."

그 말에 노형진은 고개를 끄덕거렸다.

그건 사실이다. 정확하게는 말년에 침대에서 일어나지도 못하고 결국 요양병원에서 명을 달리해야 했다.

"그러면 원고는 사망한 화정자 씨의 전화번호를 알겠네요?"

"당연하죠."

"몇 번인가요?"

"015……."

말을 하던 화정자는 아차 했다.

015 번호가 사라진 게 벌써 십수 년 전이니까.

"015 번호가 요즘도 사용되나요?"

"아, 그…… 제가 착각했어요. 맨날 단축으로 하다 보니까."

"그래요? 그러면 핸드폰을 보여 주실 수 있나요?"

"어…… 그건 곤란한데요."

왜냐하면 핸드폰에는 아예 번호가 없기 때문이다.

실제로 화정자와 화란연은 서로 연을 끊은 지 20년이 넘었다. 그리고 노형진은 그걸 노릴 생각이었다.

"화정자 씨와 화란연 씨의 사이가 안 좋았다는 이야기가 있던데, 사실인가요?"

"아니에요. 우리 자매는 사이가 좋았어요. 싸움 한번 안하고 자란 사이라고요!"

"그래요? 특이하네요. 싸움은 안 해도 소송은 하나 봅니다?"

"네?"

"17년 전에 부모님 재산을 놓고 두 분이 소송한 적이 있던데요."

그 말에 화란연의 눈동자가 흔들렸다. 실제로 그랬으니까.

정확하게는, 부모님이 화정자에게 재산의 대부분을 주고 화란연에게는 25%만 준 게 문제였다.

자식이라고는 딸 두 명뿐인 상황에서 그렇게 차별적으로 주는 행동이 이상하지만, 그 당시 부모 입장에서는 어쩔 수가 없었다.

왜냐하면 그 당시에 화란연은 사치와 도박에 빠져 있었으니까.

줘 봐야 도박 자금밖에 안 될 거라는 걸 알고 있는 부모님 입장에서는 재산을 주기가 힘들었고, 변호사와 이야기해서 애초부터 최소한의 유류분인 25%만을 상속한 거다.

원래 유류분은 받아야 하는 지분의 50%니까 자녀가 두 명인 경우는 25%였다.

"그게……."

당연하게도 절반을 받지 못한 화란연은 길길이 날뛰며 언니인 화정자에게 돈을 내놓으라고 소송을 걸었지만, 이미 변호사를 통해 유류분 계산을 하고 그에 맞춰 준 것이기에 결국 땡전 한 푼 받지 못했다.

"그걸…… 어떻게……."

당혹감을 감추지 못하고 화란연은 황마주를 바라보았지만 그도 당황하긴 마찬가지였다.

왜냐, 그도 몰랐던 사실이니까.

─의뢰인은 거짓말을 한다.

노형진이 매번 하는 말이고 새론에서는 그걸 감안하고 방어를 준비하지만, 경험도 실력도 없는 황마주 입장에서는 날벼락도 이런 날벼락이 없었다.

"그 후에 화해했어요! 진짜로!"

"그런데 번호는 모르고요?"

"단축번호라니까요! 다들 단축으로 누르면 기억 못 하잖아요!"

"그런데 핸드폰 제출은 못 하시고요?"

노형진의 공격이 거세질수록 화란연은 계속 거짓말을 하면서 스스로를 지킬 수밖에 없었다.

'그리고 이번 사건의 핵심은 바로 주장의 효력.'

특정 주장을 내세우는 사람이 과연 믿을 만한 사람이냐는 부분을 재판부에서 판단하지 않을 리가 없다.

화란연은 자신에게 유리하게 하기 위해 거짓말을 하고 있

지만 그럴수록 재판부에서는 그녀의 주장의 신빙성에 대해
의심할 수밖에 없다.

"그런가요? 그러면 병문안은 갔다 오셨나요?"

"당연하죠!"

"그러면 그 병원 이름은 아십니까?"

"어…… 아…… 그러니까……."

당연히 모른다. 찾아가 본 적도 없으니까.

평생을 철천지원수로 살아왔는데 찾아가고 싶겠는가?

"어…… 그러니까 우상동 근처인 건 아는데…… 제가 이름
을 잘 몰라서……."

그녀는 애써 머리를 굴렸다.

우상동, 즉 김도수의 집 근처를 말한 것이다.

실제로 김도수의 성격은 매일같이 찾아갈 타입이니까.

하지만 그녀는 실수했다.

물론 김도수가 매일같이 찾아가는 타입이라는 건 맞다. 친
모가 아니라는 사실을 몰랐던 시절에도 해당 요양병원에서
는 효자로 소문났던 사람이니까.

"그래요? 확실합니까?"

"확실해요."

"이상하군요. 화정자 씨가 있던 동네는 우상동이 아니라
인하동인데."

"뭐라고요?"

"인하동입니다. 우상동이 아니라."

같은 시 안에 있기는 하지만 인하동과 우상동은 거리상으로 30분 이상 차이가 난다. 차가 막히는 출퇴근 시간에는 가는 데에만 한 시간씩 걸린다.

그런데 그렇게 먼 곳에 자기 엄마를 두었다고?

'그랬을 리가 없는데.'

물론 그건 부모를 모신 적이 없는 화란연의 생각이었다.

김도수는 자신의 불편함보다는 어머니인 화정자가 편하게 지내는 것을 우선시해서, 가장 가까운 곳이 아니라 시설이 가장 좋은 곳에 입원시켰기 때문이다.

김도수의 성격에 대해 대충은 알지만 더 깊은 효심까지는 몰랐기에 그녀가 자기 입장에서만 생각한 게 실수였다.

"착각이라고 하기에는 거의 30분에서 1시간 거리인데, 이건 좀 심하지 않나요?"

그 말에 점점 할 말이 없어져 버리는 화란연.

그리고 노형진은 마지막으로 쐐기를 박았다.

"그런데 증인, 증인은 언니인 화정자 씨의 장례식장에 찾아가서 그러셨다면서요? '너는 우리 집안 애새끼도 아니고 어디서 흘러왔는지도 모르는 더러운 핏줄이다. 그러니까 돈 놓고 꺼져.'라고."

"어…… 그렇게까지는……."

"증인이 서른 명이 넘습니다만."

"트…… 틀린 말은 아니잖아요!"

다급하게 변명하는 화란연.

그런 화란연에게 노형진이 말했다.

"그건 재판하는 중이니 나중에 알게 되겠지요. 사실 중요한 건 그게 아닙니다."

노형진은 물끄러미 화란연을 바라보았다.

"김도수 씨는 증인의 연락처를 모르더군요."

"그런데요? 내 조카도 아닌 애가……."

말을 하려던 화란연은 아차 싶은지 입을 다물었다.

하지만 이미 상황은 벌어진 뒤였다.

"그런데 어떻게 사망 사실을 알고 찾아간 겁니까?"

"언니 핸드폰으로 사망 사실을 일괄 발송을……."

"화정자 씨의 핸드폰은 이미 없어졌습니다. 마지막 통화가 2년 전이고요. 당연히 거기에 있던 모든 전화번호는 김도수 씨가 넘겨받아서 따로 관리했습니다."

그 말에 화란연은 말을 못 했다. 그 모습을 본 노형진은 확신했다.

'누군가를 감추고 싶은 거다.'

예상은 했다.

사실 이 경우는 거의 뻔하다. 김도수가 사망 사실을 알려 주지 않았다면 누군가가 전해 받고 그 사실을 전달해 준 거다.

아무리 언니와 싸웠다고 해도, 그래서 손절을 했다고 해도, 그래도 가족 중에 한 명 정도는 그나마 관계를 유지하고 있을 수도 있으니까.

'그리고 그가 누군지 감추고 싶어 한다는 건 그가 생각보다 중요한 정보를 가지고 있다는 거지.'

"누가 화정자 씨의 죽음을 알려 줬나요?"

"……."

"말 안 해 주실 겁니까?"

"……."

"흠, 뭐 상관없지요."

노형진은 어깨를 으쓱했다.

"저희가 찾으면 그만이니까요."

분명 김도수가 연락한 사람 중 한 명일 테고, 그렇다면 그들에게 물어보면 되는 거다.

"이상입니다."

노형진은 더 이상 물어볼 필요성을 느끼지 못했다.

화란연을 바라보는 판사의 눈빛에는 이미 의혹이 가득했기 때문이다.

⚖️

"와, 그렇게 돌아가네?"

실제로 분위기는 바뀌었다.

기존에는 화란연의 주장을 듣고 별말을 하지 않던 판사가 갑자기 화란연에게 해당 주장을 증명할 수 있는 서류나 증인이 있느냐고 물어본 것이다.

원래 화란연과 황마주의 생각대로라면 가족이라는 이유로 이런 주장의 신빙성이 어느 정도 먹힐 것이고, 설사 이쪽에서 나중에 동의를 얻었다고 해도 그걸 증명할 서류가 없다면 자신들이 유리해질 터였다.

하지만 판사가 갑자기 증거서류를 확인하겠다고 말한 것은 화란연에 대해 의심하고 있다는 거다.

돈 욕심? 있을 수 있다.

애초에 그게 없다면 재판을 할 리도 없으니 재판장도 그걸 가지고 뭐라고 하지 않는다.

하지만 그녀가 거짓말하는 것은 전혀 다른 문제다.

"입양이라는 과정에서 중요한 건, 입양했다는 기록보다는 당사자 간의 합의지."

실제로 한국은 입양의 과정에서 아이들이 자신이 입양되었다는 걸 몰랐으면 하는 정서가 강하기에 기록상 입양보다는 출생신고를 하는 경우도 제법 많다.

지금이야 그나마 입양에 대해 좀 더 관대해졌다지만 1980년대에는 대를 잇는다는 개념이 강해서, 그러한 식으로 뒤늦은 출생신고가 흔하게 이루어졌다.

"그러니 저쪽에서 물어야 하는 건 늦은 출생신고가 아니라 당사자 동의가 없는 출생신고여야 한다는 거지."

그건 엄밀하게 말하면 거의 납치에 가까운 행동이기 때문이다.

"그렇기는 하겠네, 그걸 주장하는 유일한 사람이 증인석에서 그렇게 거짓말을 했으니."

재판장 입장에서는 자연스럽게 '원고의 주장이 과연 진실인가? 자신의 욕심을 이유로 거짓말하는 건 아닌가?'라고 의심할 수밖에 없다.

"그러니 이제는 주장에 대한 입증책임이 생긴 거지."

실제로 재판부는 출생신고가 늦게 되었다는 걸 근거로 입양 절차가 완성되지 않았음을 의심하고 있었다.

하지만 단순히 의심만 하는 것과 눈앞에서 거짓말하는 걸 보는 것은 전혀 다른 문제다.

"그래도 여전히 입양 절차가 완성되지 않은 건 사실이잖아."

"그건 그렇지."

이 방법으로 시간을 좀 더 벌 수는 있겠지만, 그렇다고 해서 완벽하게 문제를 해결할 수는 없다.

"그래서 내가 말한 게 그거야. 과연 다른 가족들은 어떨 것인가?"

"다른 가족들은 잘 모를걸."

물론 김도수의 양부모님이 김도수를 자식으로 대해 줬으니 당연히 그들도 자식으로 인식하고 있겠지만, 그들의 인식이 재판에 영향을 주지는 않는다.

이 경우 중요한 건 인식이 아니라 법률적 형태의 완성이니까.

"최소한 그건 가능하지. 내가 핑계를 만들었으니 김도수는 당당하게 친척들에게 상황을 이야기하고 사실을 전달한 사람을 찾을 수 있어."

"어, 그러면?"

"그래, 화란연은 더더욱 고립되겠지."

그나마 친척이라고 안면을 트고 조금이라도 연락을 주고받던 사람들 입장에서는 설마 화란연이 이런 후안무치한 행동을 할 줄 몰랐을 거다.

당연하게도 그런 경우라면 다들 화란연에 대한 불리한 증언을 하게 될 테니 판사는 점점 화란연이 거짓말한 게 아닌가 의심하게 된다.

"현실적으로 보면 이런 사건은 입양이 완성되었는지 안 되었는지 알 수가 없어."

이미 관련자들은 모두 사망했고 그걸 알 만한 사람들도 모두 죽었으니까.

"그렇게 되면 판사가 판단할 때 가장 비중이 높아지는 건 바로 진실성이지."

그리고 화란연의 진실성은 이미 박살 나고 있는 상황.

"그러니까 친척들을 만나면서 살살 구슬러서 화란연이 어떤 사람인지 증언을 들어. 그리고 도움을 받을 수 있으면 받고."

이것이 법이다

화란연의 과거 행동과 성격을 미루어 보면 친척들이 화란연에 대해 좋은 소리는 하지 않을 거다.

"이러면 일단은 유리한 포지션을 지킬 수는 있을 거야."

"포지션?"

"아무리 이길 가능성이 높다고 해도 그것만 믿고 있으면 안 되지. 이길 가능성이 아니라 이길 방법을 찾아야지."

"하지만 그걸 증명할 방법이나 증인이 없잖아."

"그게 문제란 말이지."

자신들이 아는 정보는 단 하나뿐이다.

원래 아이의 엄마는 화정자가 일하던 식당에 애를 버리고 도망갔다는 것.

"그리고 그건 진짜일 거야."

화란연이 그것까지 거짓말할 이유는 없다. 그래야 돈을 챙길 수 있으니까.

"기록에도 없죠?"

"네, 40년 전이니까요."

고문학은 절레절레 고개를 흔들었다.

하긴, 아무리 그가 실력이 좋다고 해도 40년 전 기록을 찾아보는 데에는 한계가 있으니까.

"역시 결국 정황증거만 가지고 싸우게 되는 건가?"

"그렇기는 한데……."

현 상황에서 정황증거만으로 싸우는 게 불가능한 건 아니다.

하지만 노형진은 좀 더 확실한 승리를 추구하고 싶었다.

"왜 애를 버렸을까?"

"응?"

노형진은 한참 고민하다가 문득 물었다. 서세영이 고개를 갸웃거렸다.

"뭔 소리야, 오빠? 애를 버리는 사람한테 이유가 있어?"

"있지. 뭐 여러 가지 이유가 있겠지만, 그냥 애가 싫어서 버렸을 거라고 보는 건 무리지."

"맞습니다. 80년대라고 하면 아마도 생활고가 문제였을 겁니다."

가난한 시절, 먹고살기 힘든 시기.

아이를 가진다는 것은 축복받을 일이지만 그렇지 않은 경우도 제법 많았다.

"흠, 어쩌면 김도수 씨의 친부나 친모는 정상적인 부부가 아니었을 가능성이 크겠군요."

"역시 그렇지요?"

"네? 고 팀장님, 정상적인 부부가 아니라니요?"

"그 시절에는 다 가난했으니까요."

모두가 가난했기에 어려워도 힘들어도 부부라면 함께 이겨 내는 게 당연한 시절이었다.

지금은 원룸에서 신혼생활을 시작하라고 하면 난리를 피우지만, 그때는 원룸은커녕 화장실도 공용으로 쓰는 단칸방에서 생활하는 사람들도 많았으니까.

"뭐, 다 그런 건 아니긴 했죠. 상황이 안 좋으면 고아원…… 아, 요즘은 보육원이라고 하죠? 하여간 그런 곳에 두고 가는 경우도 많았으니까요."

"그러니까요."

"그런데 왜 김도수 씨를 거기에 버린 걸까요?"

"그건 뭐 한국의 전통적 문화와 좀 관련이 있거든요."

진짜 자기가 못 먹고 못살면, 그래서 아이의 생존마저도 확보할 수 없다면 한국, 아니 조선 시대에는 아이를 부잣집 앞에 버리는 경우가 있었다.

물론 그런다고 해서 부잣집에서 그 아이를 자식으로 받아 주지는 않았다. 한국의 혈통주의는 강한 편이니까.

"그런 애들을 업둥이라고 불렀습니다."

"업둥이요? 처음 들어 봐요."

"요즘은 거의 안 쓰는 단어니까. 어느 날 집 앞에 웬 아기가 있다고 요즘 사람들이 덜컥 데려다가 키우겠냐? 그냥 보육원행이지."

하지만 그 당시에는 그런 업둥이가 들어오면 자식으로는 못 받아들여 줘도 어느 정도 키워 주는 게 일종의 사회적인 룰 같은 거였다.

그리고 그렇게 업둥이로 큰 사람은 성인이 되어서 그곳에서 일해 주면서 빚을 갚아 가는 거고 말이다.

"80년대는 아직 그런 업둥이 문화가 좀 남아 있을 시기니까요."

자식으로 받아들여 주는 건 아니지만 어느 정도 키워 줄 수 있다는 문화.

"그래도 이해가 안 가는데…….."

"뭐, 이제 와서 이해할 필요는 없지. 현실적으로 이제 다시 과거의 문화가 돌아올 일은 없으니까. 중요한 건 그거야. 애를 버린 여자의 경우 애를 키우지 못할 상황이었을 거라는 거지. 부부라면 어떻게 해서든 키우거나, 정 안되면 고아원에 맡겼을 가능성이 높아."

그래야 나중에 자신들의 상황이 좀 나아졌을 때 자식을 되찾아 올 수 있기 때문이다.

실제로 여전히 보육원에는 상황이 좋지 않은 집안의 아이들을 맡기는 빈도가 제법 높다.

"그런데 부잣집에 맡기면, 어떻게 보면 아이를 찾기 힘들어질 가능성이 높거든."

이사를 간다거나 식당이 망해 버리면 자식을 찾을 가능성이 영영 사라질 가능성이 크다.

실제로 아침 프로그램에는 그렇게 헤어진 가족을 찾는 사람들이 많이 나오기도 했다.

"즉, 그 당시 생각보다 절망적인 상황이었을 가능성이 높다는 거지."

"어떤 식으로?"

"미혼모이지 않았을까?"

"미혼모?"

"그래. 지금도 미혼모는 좀 터부시되잖아? 그런데 80년대는 어땠겠어?"

80년대의 미혼모는 좀 독하게 말하면 거의 창녀 취급받으며 무시당했다.

그런데 또 그렇다고 해서 남자들이 여자들을 놔둔 것도 아니다.

온갖 감언이설을 다 속삭이면서 어떻게 해서든 한번 즐기기 위해 여자들을 속였다.

그 당시에는 혼인빙자간음죄라는 게 있었는데, 그만큼 어떻게든 여자를 건드려 보려고 하는 놈들이 많았기 때문이다.

"아비라는 인간이 질이 안 좋은 놈이었나 보네요."

"어떻게 아세요?"

고문학은 서세영의 말에 너털웃음을 터트리며 말했다.

"뭐, 지금하고 똑같은 거 아닙니까? 제 자식 버리고 도망가는 새끼가 멀쩡할 놈일 리가 없죠."

"아, 하긴 그러네요."

시대의 문제가 아니라 인간성의 문제다.

어떤 사람은 자식이 생기면 과거가 어찌 되었건 어떻게 해서든 잘 키우려고 하는데, 어떤 놈은 그냥 나는 모른다고 버리고 도망가니까.

그리고 그런 놈들은 시대를 불문하고 존재하기 마련이다.

이건 남녀나 시대, 나이의 문제가 아니라 사람 됨됨이의 문제다.

"그러면 이해가 되는군요. 보통 식당에서 일하는 아가씨들은 지방 출신들이 많았지요."

그리고 그런 아가씨들을 살살 꼬셔서 건드리는 놈들은 어딜 가나 넘쳐 났다.

"오, 그러면 거기에서부터 시작하죠!"

노형진은 고문학의 말에 좋은 생각이라는 듯 탄성을 내질렀다.

정작 고문학은 뭔 소리인가 하는 얼굴이 되었지만.

"네?"

"아니, 지방에서 올라온 아가씨가 서울에서 남자에게 속아서 아이를 가졌다면 아빠라는 인간은 주변 인물이지 않았을까요?"

"아하!"

당연히 주변에서 누군가 그녀를 속여서 임신시켰을 가능성이 크다. 그리고 나는 모른다며 내팽개친 거고 말이다.

"아무래도 식당 주변에서 마주치지 않았을까 싶네요."

만일 집이 서울이라면 그 지경이 될 때까지 부모가 몰랐을 리가 없다. 그 시대에는 가족들이 대부분 같이 살았으니까.

"고문학 팀장님의 예상대로 혼자서 상경한 아가씨라면?"

"음…… 확실히 그런 경우가 많습니다."

농담이 아니라 그 시절에는 아가씨를 건드렸다가 책임을 안 진다? 진짜로 감방에 가던 시절이다.

여성의 정조를 중요시하던 시절이라 혼인빙자간음죄의 경우는 2년 이하 징역 500만 원 이하 벌금이었다.

처벌이 약해 보이지만 40년 전에 벌금 500만 원이면 그 당시 임금을 기준으로 어마어마한 금액이었고, 김도수 씨의 친모처럼 임신까지 한다면 거의 100% 실형이 나오던 죄였다.

"뭐, 그렇다고 해서 진짜로 신고하는 경우는 드물었지만."

"네? 어째서요? 나 같으면 날 속여서 건드린 놈에게 엿 먹이고 싶을 것 같은데!"

"가장 큰 이유는 불이익이 훨씬 컸기 때문이죠."

그 당시는 상대방 남자가 자신을 속였다는 사실에 분노해서 신고할 경우 여자가 당하는 불이익이 훨씬 컸던 시절이다.

"농담이 아니라 강간 피해자도, 가해자 새끼들이 꽃뱀이라고 주장하면 경찰이 여자를 감옥에 집어넣던 시절이었으니까."

경찰이 수사는 하기 싫고 여자에 대한 무시가 만연하던 시절.

없는 죄를 만들어 내는 건 당연하지만 제대로 수사하는 건 병신이나 하는 일이던 시절.

"법원조차도 온갖 병신 짓을 다 했거든."

"병신 짓?"

"강간 피해자한테 순결을 잃었으니까 강간한 남자랑 결혼하라고 한다거나."

"으엑? 미친 거 아냐?"

"지금 생각하면 미친 거죠. 더 웃긴 건, 그 당시에 그걸 또 언론에서 미담이라고 기사화했다는 거죠."

그 정도로 여자에게 터무니없는 강요를 하던 시절.

"혼인빙자간음으로 신고하면 상대방이 받는 처벌보다 여자가 받는 불이익이 큰 세상이니, 아무래도 신고하는 사람이 별로 없었지요."

고문학은 그 당시를 회상하는 듯하다가 눈을 찡그리며 말했다.

"그리고 여자의 집을 알면 더더욱 위험했고요."

"집을 알면?"

"네."

고소당한 놈이 본가에 가서 창녀라고, 꽃뱀이라고 온갖 생지랄을 다 하면 그날로 그 여자뿐만 아니라 그 여자의 가족들 인생도 종 치는 시대였다.

"와, 미친 시대네."

"그래. 그러니까 혼인빙자간음이나 강간도 신고하는 데 엄청나게 용기가 필요한 시대였지."

심지어 그렇게 해 놓고 강간 신고가 없다면서 강간이 없는 청정국이라는 헛소리를 하던 게 그 당시 대한민국 사법부의 현실이었다.

"그러면 이해가 가는군요."

아이를 낳고 키울 수도, 그렇다고 신고할 수도 없는 상황.

지금처럼 생부한테 양육비를 청구한다?

그날로 온 동네에 꽃뱀으로 소문나는 시절이니 선택지는 많지 않았을 거다.

"그리고 노 변호사님 말씀이 맞네요. 그때는 이동이 쉬운 시절이 아니었으니까."

주변의 누군가가 그녀를 유혹했을 가능성이 크다.

차량이라는 것도 부자들이나 가지고 있던 시대이니까.

대중교통 자체도 상당히 불편했던 시절인 만큼 사람들의 행동반경은 극도로 제한될 수밖에 없었다.

"그 당시에 식당이 위치했던 곳에 사무실이 많았나요?"

"뭐, 한두 곳이 아니긴 한데…… 워낙 많이 바뀌어서……."

고문학은 뭔가 기억을 더듬는 듯했다.

그러고는 긴 한숨을 쉬며 말했다.

"정확하게 기억나는 건 아닙니다만, 당시에 그 가게가 있던 곳은 좀 만만한 곳은 아니었습니다."

"만만한 곳이 아니었다니요?"

"거기 앞에 한국증권거래소가 있었습니다. 지금은 한국거래소라고 하지요?"

"아하!"

한국증권거래소는 한국의 오랜 증권가의 핵심이다.

"만만한 곳이 아니네요."

왜냐, 80년대에는 온라인 거래라는 게 없었으니까.

당연하게도 모든 거래는 서면으로 이루어졌고, 자연스럽게 한국증권거래소 주변에는 수많은 증권회사들이 자리 잡을 수밖에 없었다.

지금이야 멀리 있어도 온라인을 통해 순식간에 체결되고 돈이 거래되지만, 그때는 매수를 하든 매도를 하든 증권거래소를 통해 거래 의견서를 내고 거래하고 계좌 이체를 일일이 해야 했다.

"식당이 잘될 수밖에 없는 위치이긴 했네요."

그 많은 사람들이 먹어야 했고, 예나 지금이나 증권거래는 돈이 제법 많이 벌리는 직업이다.

"그래도 다른 사람일 수도 있잖아요. 주변에 다른 식당의 직원이라든가?"

"글쎄요. 물론 불가능한 건 아닙니다. 하지만 그 시대상을 보면 증권 업계 인물 같습니다."

"어째서요?"

서세영은 편견이 아닌가 하는 생각에 고개를 갸웃하며 물었다.

그러자 그에 대한 대답은 노형진이 대신했다.

"아마 미래의 문제 때문이겠지."

"미래?"

"맞아, 미래. 솔직히 네가 말한 대로 식당 종업원이니 뭐니 하는 사람들은 결혼하기도 힘들 수도 있어. 여자를 만날 기회 자체가 그다지 많지 않을 가능성이 높지. 그러니까 기회가 된다면, 가령 이번처럼 임신했다면 그냥 결혼을 선택할 거야. 하지만 증권가 직원은 글쎄? 요즘 속된 말로 '누구 인생을 망치려고.'라는 말이 튀어나오겠지?"

"와, 한 방에 이해가 되네."

80년대에 한창 활동할 나이의 사람이다. 증권가에서 일하는 사람들은 거의 대부분 대졸 이상의 학력을 가진 사람들이다.

그 당시의 한국 학력을 생각하면 최고 학력을 가지고 있는 사람들인 셈이다.

당연히 돈도 많이 버는 소위 성공한 인텔리 계층이 그 당시의 증권가 사람이었다.

그 당시에는 진짜 은행 직원만 해도 대단히 성공한 사람이었는데, 증권사 직원은 더했으니까.

"보통 부모들이 이런 문제가 터지면 제일 많이 하는 말이지."

'누구 인생을 망치려고 작정했느냐.', '저년은 꽃뱀이다.' 등등이 흔하게 나오는 레퍼토리다.

그런 점을 감안했을 때, 증권사 직원과 식당 여종업원의 관계?

당사자 간에 사랑이 있다면 불가능한 건 아니겠지만 한쪽은 단순히 가지고 놀 심산이었다면 절대로 성립할 수 없는 관계다.

"맞습니다. 더군다나 그 시절에는 그런 분위기를 여자들도 모르지는 않았으니까요."

"그게 뭔 소리예요?"

"여자들도 아무나 그렇게 만나고 다닌 게 아니라는 거지."

그런 분위기를 여자들이 모를까? 정작 자기들이 피해를 입을 수도 있는 상황인데?

당연하게도 그 당시에 여성들은 이 사람이 진심으로 나와 결혼할 생각인지부터 확인하고 그 후에 관계를 가졌다.

"혼인빙자간음죄의 죄목에서 알 수 있잖아."

"어? 아, 그러네!"

상대방 남성이 결혼할 의사도 전달하지 않고 그냥 같이 즐기자고 해서 즐긴 거라면 이 혼인빙자간음죄는 성립하지 않는다. 그건 성적자기결정권의 영역이니까.

그런데 그 시절에 일부 남성들이 결혼하자고 상대방을 속여서 관계를 맺은 후에 나중에 가서 지겨워지면 나 몰라라 했기에 혼인빙자간음죄의 대상이 되는 거다.

"즉, 혼인할 의사의 유무가 중요해지는 거지."

그리고 정황상 김도수의 생모는 분명 그 혼인의 의사를 확실하게 믿었다고 볼 수 있다.

"그리고 혼인할 거라 생각한 사람에게는 본가를 공개하는 걸 꺼리지 않으니까."

물론 그게 나중에 약점이 되어 보복이 두려워서 신고도 못 하게 되는 경우도 많았지만 말이다.

"그러면……."

"그래, 고문학 팀장님 말대로 증권가 직원일 가능성이 높기는 하겠네."

자신을 더 높은 세계로 이끌어 줄 반려가 나타났는데 과연 누가 거절하겠는가?

실제로 혼인을 빙자로 사기를 치거나 간음을 하는 경우를 보면 대부분 남상이 여자보다 더 잘났다고 속이거나 실제로 사회적으로 인정받는 사람인 경우가 엄청나게 많다.

"하지만 그래도 추적하기가 쉽지 않을 것 같은데. 그 당시에 한국 경제시장이 아무리 작았다고 해도 증권가에서 일하던 사람들이 한두 명이 아닐 거 아냐."

"확실히 그건 그렇지."

아무리 못해도 수백 명은 될 텐데, 그들을 모두 찾아다니면서 '혼인빙자간음을 한 적이 있습니까?'라고 물어보는 건 불가능할 테니까.

"그러면 그 사람을 어떻게 추적해?"

"그건 내가 가능할 것 같은데."

그런데 의외로 해결책을 제시한 건 다름 아닌 노형진이었다.

"응? 오빠가?"

"그 당시에 근무하던 사람이면 지금쯤 이쪽 업계에서 상당히 높은 직급일 거야. 그런 사람들이라면 그런 소문을 듣지 않았을까?"

발 없는 말이 천 리를 간다.

그건 괜히 생긴 말이 아니다.

수백 명의 사람이 있고 그들에게 취조나 질문을 하는 건 힘든 일이겠지만, 수백 명의 사람들 사이에서 어떤 소문이 도는지 알아내는 건 생각보다 쉬운 일이다.

"아하! 그들만의 세계 뭐 그런 거구나."

"맞아."

거기다 자신들은 그 식당의 이름은 안다. 그리고 그 식당에 다니던 사람들 대부분은 그 당시 증권가에서 일하던 사람들일 가능성이 높다.

그렇다면 소문이 돌았을 가능성도 높아진다.

"다른 사람이라면 그런 걸 말해 줄 이유도 없지."

하지만 노형진이라면 말을 안 해 줄 수가 없다.

노형진이 조금만 움직여도 증권사를 날려 버리는 건 일도 아니니까.

최소한 노형진이 회사 측에 조금 불편하다는 말 한마디만 해도 상대방은 직급에 상관없이 모가지가 날아갈 거다.

노형진의 설명을 들으며 곰곰이 생각하던 고문학이 입을

열었다.

"확실히 40년 전이라고 하면 지금쯤 최소 이사급은 되겠군요."

"아니면 사장급이라든가요."

그리고 그런 위치에 있는 자를 추적하는 건 어려운 일이 아니었다.

⚖️

노형진은 바로 움직였다.

각 회사의 사장급이나 이사급 중에서 그 당시에 한국에 있던 증권사 직원 출신을 확인했고, 이윽고 그중에서 가장 가능성이 높은 사람을 찾을 수 있었다.

주강증권이라는 회사의 부사장 강무린은 해외 출신도, 해외 유학파도 아닌데 실무만을 통해 한국에서 성장해서 부사장까지 오른 입지전적인 인물이었다.

당연하게도 40년 전 이쪽 업계에서 생활을 시작한 사람이었다.

"노 변호사님, 반갑습니다. 정보가 필요하다고 들었습니다만."

노형진은 사전에 약속을 잡으면서 사실에 대해 이야기했다.

쓸데없는 말로 압박을 가하면 도리어 적대적인 태도로 나올 수 있다 보니 이럴 때는 거짓말을 하는 게 좋은 선택이 아니기 때문이다.

"네. 어떻게 보면 업무랑 상관없는 일로 귀찮게 해서 죄송합니다."

"아닙니다. 덕분에 과거를 회상할 수 있어서 좋았습니다. 그때는 참 세상 물정 모르고 날뛰던 젊은 시절이었는데 말이죠."

미소를 지으면서 말하는 강무린.

그는 노형진에게 말을 꺼냈다.

"일단 말씀하신 식당이 어딘지는 알 것 같군요. 장충식당 아닙니까?"

"어떻게 아셨습니까?"

노형진은 혹시나 해서 식당 이름은 아직 말하지 않은 상황이었다. 그런데 강무린은 한 번에 그 식당 이름을 말했다.

그리고 그의 입에서 나온 말은 노형진의 예상대로였다.

발 없는 말이 천 리를 간다.

"거기에서 일하던 아가씨가 예쁘다고 소문났었거든요. 뭐, 미스코리아에 나가도 될 정도라고 예쁘다고 소문이 자자했죠. 실제로 그 정도로 예쁘기도 했고요."

"보신 적이 있습니까?"

이건 생각도 못 한 일이었기에 노형진은 깜짝 놀랐다.

원래는 소문만 들어 볼까 했는데 설마 그 사람으로 추정되는 여직원을 직접 봤을 줄이야.

"그때는 저도 미혼이었으니까요. 하하하, 아시지 않습니까?"

"아, 그건 그렇지요."

혈기 왕성한 데다 미혼에 한창 잘나가는 때에 예쁜 여자가 있다고 하면 관심이 가지 않는 게 이상한 거다.

지금도 예쁜 여직원이 있는 식당은 매출이 급상승하기에 예쁜 여직원에게 시간당 인건비를 더 많이 주는 곳들도 있으니까.

"혹시 이름은 기억납니까?"

"아니요. 저도 얼굴은 몇 번 봤습니다만 이름은 몰랐습니다."

"이런."

애석하게도 이름을 모른다는 말에 노형진은 안타까움을 금치 못했다.

"그러다가 어느 순간 그만뒀다는 건 알았습니다만. 음…… 일단 이다음 부분에서는 말씀하신 것처럼 소문이 좀 있기는 했습니다."

"그 소문이 뭡니까?"

"그 전에, 김도수 씨의 사진이 있으면 볼 수 있을까요?"

"사진요?"

"네. 제가 착각한 것일 수도 있으니까요."

그 말에 노형진은 고개를 끄덕거렸다.

만일 소문이 사실이라면 부모와 자식이라는 증거가 외모에서 드러날 테니까.

실제로 김도수는 상당한 미중년이다.

김도수의 양부모님이 그를 자식으로 받아들인 건, 그가 불쌍한 것도 있겠지만 외모가 잘생겼다는 것도 무시할 수 없는 조건이었을 거다.

　외모가 잘생긴 사람에게 본능적으로 호감을 품는 건 당연한 일이니까.

　"잠시만요."

　노형진은 당장은 사진은 없기에 회사에 연락해서 사진을 발송해 달라고 했다.

　이윽고 사진이 수신되자 그걸 강무린에게 보여 줬다.

　강무린은 안경을 쓰고는 한참 뚫어지게 바라보더니 허허하고 웃었다.

　"확실히 그 여자 얼굴이 있네요. 눈하고 눈썹은 엄마를 많이 닮았군요."

　"그러면 혹시 아버지를 아십니까?"

　"네, 아는 사람입니다."

　그런데 그렇게 말하는 강무린은 묘한 표정을 짓고 있었다.

　"표정이 안 좋으시군요."

　"말씀은 드릴 수 있습니다만……."

　그는 잠깐 고민하다가 사실대로 말하기로 했는지 심호흡했다.

　양쪽 다 위험한 인물이지만 굳이 비교하자면 눈앞에 있는 노형진이 더 위험하니까.

"노 변호사님도 아실 겁니다."

"제가 안다고요?"

그건 좀 뜬금없는 말이었다.

노형진이 이미 안다면 이 난리를 피울 리가 없지 않은가?

"물론 사건 관계는 모르시겠지만, 아마 최소한 몇 번은 만나 보셨을 겁니다."

"제가요?"

"청와대 자문위셨잖습니까?"

"그거야 그런데…… 설마?"

노형진은 아차 싶었다.

강무린 세대의 사람들은 계속 증권가에만 머물러 있지 않는다. 때로는 경제적 영역에 대한 전문성을 인정받아서 정치계로 흘러가기도 한다.

그리고 생각이 거기까지 닿는 순간 노형진의 머릿속을 한 남자가 스치고 지나갔다.

'내가 왜 그 생각을 못 했지?'

아무런 관련이 없을 때는 몰랐지만 관련이 있다고 의심하자 확실히 두 사람은 어느 정도 닮은 부분이 있다는 게 인식되기 시작했다.

"표정을 보니 알아차리셨나 보군요. 맞습니다. 구보강 경제 부총리입니다."

일이 제대로 꼬이기 시작했다.

모르면 장땡일까, 과연?

"누구?"

"구보강 경제 부총리 겸 재정경제부 장관입니다."

"미치겠네."

김성식은 솔직히 그렇게 말할 수밖에 없었다.

경제 부총리라는 직책이 방송에 많이 나와서 보통 그 말을 많이 쓰기는 하지만, 현행법상 한국에서는 경제 부총리와 재정경제부 장관을 겸직하게끔 되어 있다.

"아니, 그놈이 왜?"

"그 당시에는 그놈이라고 불릴 만한 사람이었을 테니까요."

"끄응, 그것도 그렇군."

40년 전, 구보강 경제 부총리는 강무린과 마찬가지로 열혈

이 넘치는 증권맨이었을 거다.

물론 나이를 생각하면 아주 높은 직급은 아니었을 테고 말이다.

"조금 알아보니까 구보강 경제 부총리의 집안이 제법 잘살더군요."

"그래, 그랬지. 하아, 무슨 소리인지 알겠군."

잘사는 집안의 놈들은 결혼에 대한 절박함이 덜하다.

정확하게는, 여성을 반려보다는 가지고 노는 대상으로 여기는 경우가 많다.

"그 당시에는 금권 수사도 어렵지 않았으니까."

"그건 그렇지요."

혼인빙자간음죄. 이 죄를 성립시키기 위해서는 한 가지 조건이 있어야 한다.

바로 남자가 여자에게 직접적으로 혼인의 의사를 비쳐야 하다는 것.

문제는 그걸 증명하는 건 전혀 다른 문제라는 거다.

그 시절에는 몰래 녹음할 수 있는 녹음기도, 음성 녹음까지 되는 CCTV도, 핸드폰이나 문자도 없었다. 그렇다 보니 그 당시에 그걸 증명할 유일한 방법은 편지와 주변의 증언뿐이었다.

하지만 편지에는 그런 글을 쓰지 않으면 그만이다. 아니, 편지 자체를 보내지 않으면 그만이다.

그렇다면 증언은?

"구보강의 부친이 그 당시에 국회의원이었으니."

당연히 구보강의 사건을 중간에 묻어 버리는 건 어려운 일도 아니었을 것이다.

"직접적으로 결혼하자는 의견을 전달했다면 증명할 수는 없을 테니까요."

실제로 그 당시에 종종 혼인빙자간음죄와 관련해서 고소가 들어오기도 했다.

하지만 결혼 의사를 전달했음을 증명하지 못해서 무죄가 나온 경우가 엄청나게 많다.

더군다나 그 당시는 여자가 고소하면 꽃뱀이라고 생각하던 시절. 거기다 경찰이 돈을 받는 게 너무나 당연하다고 생각하는 시절이었다.

"고문학 팀장님도 그 말씀을 하시더군요. 현실적으로 보면 신분의 문제로 고발도 힘들었을 거라고."

"그렇군."

아버지가 국회의원, 그것도 그 당시에 집권당이었던 창조한국당 소속이었다면 고발해 봐야 처벌은 불가능했을 거다.

그리고 구보강은 그런 아버지의 자리를 물려받아서 현재 경제 부총리까지 올라간 사람이다.

"그러면 어찌해야 하나? 이제 와서 고소할 수는 없지 않나?"

"애초에 고소한다고 해도 처벌은 불가능하죠. 이 경우는 협상이 우선입니다."

"협상? 구보강에 대해 잘 알지 않나? 그 인간은 협상에 응하는 타입이 아니야."

좋게 말하면 대쪽 같은 거고, 솔직하게 말하면 그냥 고집불통이다.

전문가들의 의견을 뭐같이 들어 처먹는 걸로 유명한 자가 바로 그다.

실제로 노형진이 화폐의 디자인 변경을 통한 은닉 자산의 양성화를 추진할 때 결사적으로 반대한 게 다름 아닌 구보강이었다.

"그러면 변칙적인 방법으로 가야지요."

"어떻게 말인가?"

"뭐, 변칙적인 방법이 뭐가 있겠습니까?"

노형진은 어깨를 으쓱하며 말했다.

"자식이죠."

⚖️

노형진은 구보강의 자식을 찾아갔다.

구보강은 절대 가난한 사람이 아니다. 한국에서 가난한 사람은 절대로 정치를 할 수가 없다.

하물며 다른 곳도 아니고 경제 관련 모든 정보를 접하고 대기업 회장들조차도 바닥을 설설 기는 게 경제 부총리 겸 재정경제부 장관이다.

그냥 숨만 쉬어도 초 단위로 돈이 생기는 자리가 바로 그 자리다. 그런 자리에 있는 구보강이 노형진에게 고개를 숙일 리가 없다.

하지만 자식이라면 어떨까?

"뭐라고요?"

구보강에게는 두 명의 자식이 있었다.

한 명은 구보강의 뒤를 이어 정치에 몸담고 싶어 하는 사람으로 실제로 경제부에서 공무원으로 일하고 있고, 다른 한 명은 대기업에서 부장급으로 일하고 있다.

그 나이에 부장급이라는 게 말이 안 되기는 하지만 아버지의 권력을 생각하면 이상할 게 없기도 하다.

그런 그들에게 노형진이 먼저 날벼락을 던졌다.

"아버님에게 배다른 자식이 있을 거라 생각됩니다."

"뭔 개소리야? 아니, 이 새끼가 미쳤나?"

흥분을 주체하지 못해 소리를 지르려는 동생과 다르게 정치권에 꿈이 있는 큰형은 눈치가 빨랐다.

"민수야, 진정해."

"형, 이게 진정할 문제야? 감히……!"

"지금 우리 앞에 있는 사람은 감히라는 말을 붙이기에는 위험한 인간이다."

그 말에 욱해서 소리 지르던 동생은 아차 하는 표정으로 입을 다물었다.

그 모습을 보면서 노형진은 씩 웃었다.

'꿈이 정치인이라고 하더니 판단이 빠르군.'

만일 정신 못 차리고 계속 감히 어쩌고 하면서 지랄했다면 혼쭐을 내 줄 생각이었던 노형진은 미소를 지으면서 형을 바라보았다.

그러자 형이 진지한 표정으로 입을 열었다.

"그걸 우리한테 이야기하는 이유가 뭡니까?"

"형제니까요."

"당신 말이 맞다면 형제겠지만 우리랑 상관없는 일일 텐데요?"

"상관없는 일은 아니죠. 재산의 분할을 청구할 수 있으니까."

"고작 그걸로 우리한테 먼저 이야기할 이유는 없는데?"

그의 말에 노형진은 고개를 끄덕거렸다.

'이런 식이라면 이야기하기가 편하지.'

다행히 형이라는 인간은 능력도 없이 아버지 백만 믿고 정치하겠다고 설치는 놈은 아닌 듯했다.

그런 놈이었다면 노형진이 사력을 다해서 인생을 말아먹어 줬을 테지만, 굳이 그럴 이유는 없어 보였다.

더군다나 잘못한 건 구보강이지 이들이 아니니까.

"솔직히 말씀드리죠. 저희 의뢰인은 굳이 싸울 생각이 없습니다. 재산에 관심도 없어요. 그런데 친모는 찾고 싶어 한단 말이죠. 그리고 친모에 대해 아는 사람은 한 사람뿐입니다."

"우리 아버지란 말이죠?"

"네. 그리고 정치인들은 뻔하죠."

노형진이 구보강에게 바로 찾아가서 질문을 던진다면 어떻게 될까?

무조건 모른다고 발뺌할 거다. 그리고 뒤에서 사건을 덮기 위해 온갖 수작질을 할 거다.

"물론 그렇지 않은 분이길 바랍니다만, 글쎄요."

그 말에 형은 뭐라고 할 수가 없었다.

정치에 꿈을 가지고 노력하고 배우면서 알게 될수록, 노형진의 말대로 자신의 약점이 될 부분을 가지고 떠들 사람은 아무도 없었으니까.

"그런 경우 저의 대응법은 간단하죠. 하지만 그걸 피하고 싶어서 두 분에게 연락한 겁니다."

"그걸 피하고 싶다?"

"전면전을 하고 싶지는 않으니까요."

그걸 피한다면? 노형진의 방법은 간단하다.

친자 관계를 확인하기 위한 친자 확인 소송을 걸면서 유전자 검사를 요구할 거다.

그리고 그 사실을 언론에 터트리면서 구보강의 부도덕함과 비정함에 대한 분노를 퍼트릴 거다.

"그러면 아버님이 지금의 자리를 지킬 수 있을까요?"

"으음……."

당연히 아니다.

아무리 지금 박기훈 대통령이 레임덕이라지만 그래도 여전히 상당히 높은 지지율을 유지하고 있다.

사실 기존 정권들에 비하면 레임덕이라는 말이 무색할 정도로 지지율이 높다.

그 상황에서 친자식을 버릴 정도로 비정한 인간을 계속 쓸까? 더군다나 사사건건 자신과 부딪치던 사람을?

박기훈도 구보강이 능력이 좋아서 쓴 것이라기보다는 일종의 탕평책, 아니 거래를 위해 쓴 것이었다.

엄밀하게 말하면 구보강의 정치색은 민주수호당이 아닌 자유신민당 쪽이니까.

"쳐 낼 핑계를 군이 만들어 드릴 이유는 없죠."

"너 이 새끼, 지금 협박하는 거야?"

"좀 조용히 있어."

동생이 다시금 욱해서 이를 드러내자 형은 단호하게 말했다.

"형, 고작 변호사 따위가……."

"변호사 따위가 아니야. 원한다면 우리 인생을 박살 낼 수도 있는 사람이지."

"뭐? 형, 지금 설마 정치인이 되지 못할까 무서워서 이러는 거야?"

"그래, 무섭다. 그런데 정치인만 못 될 것 같아?"

형은 단호하게 말했다.

단순히 회사에서 일만 하는 동생과 다르게 정치인으로서 준비해 온 그였기에 노형진에 대해서는 많은 이야기를 들었다. 그랬기에 동생보다 훨씬 더 노형진에 대해 잘 알고 있었다.

"네가 무시하는 저 사람은 필요하다면 너도 날려 버릴 수 있는 사람이야."

"아니, 지금 그걸 말이라고 하는 거야, 형?"

"말은 똑바로 하자. 네가 네 나이에 거기에서 부장이라는 자리를 차지한 이유가 오로지 네가 잘나서야, 아니면 아버지의 후광이야?"

"그거야……."

그 말에 동생은 아무런 말도 하지 못했다.

그도 사회생활을 해 봐서 안다. 자신의 나이나 실력을 감안하면 말도 안 되는 초고속 승진을 했다는 걸.

이 정도 승진을 하는 사람은 회장님 직계쯤 되어야 한다는 걸 말이다.

"그런데 그 회사가 마이스터랑 사이가 틀어진 널 보호할 것 같아? 아버지가 권력에서 내려온 후에?"

그 말에 동생은 말문이 콱 하고 막혔다.

그건 생각해 보지 못한 부분이었으니까.

"저 사람은 단순히 변호사가 아니라 미다스와 마이스터의 대리인이야. 그걸 잊지 마."

그 말에 아무런 말도 못 하고 입을 다무는 동생.

그걸 보면서 노형진은 미소를 지었다.

"그런 말을 천연덕스럽게 하시네요?"

"현실을 모르고 정치한다고 설쳐 봤자 모가지만 날아가니까요. 저는 이상주의자는 아니지만, 그렇다고 권력에 취한 미친놈도 아닙니다."

"똑똑하시네요."

실제로 노형진은 두 사람이 거절하면 공격을 시작할 생각이었다.

그리고 노형진은 성격상 후환을 남겨 두는 타입이 아니었다.

당연히 구보강은 날아갈 테고, 그의 권력도 날아갈 테고, 그의 자식들까지 날아갈 것이다.

재기? 그게 가능할까? 다른 사람도 아닌 미다스와 전쟁을 한 사람들이?

"그러니까 우리가 먼저 아버지에게 가서 사실을 듣고 친모에 대한 정보를 가지고 와라, 이거군요."

"맞습니다. 제가 찾아가면 정치인들은 반사적으로 거짓말부터 하거든요."

그리고 그 뒤에 은닉 과정을 거칠 것이다.

"그런데 왜 다른 사람이 아닌 우리입니까?"

"다른 사람에게 이걸 시키면 그 사람에게 약점이 넘어가니까요. 하지만 두 분은 아니죠."

그들은 자식이다. 이걸 부친의 약점으로 써먹을 수가 없다.

왜냐하면 그걸 써먹기 위해서는 배다른 형제를 인정해야 하는데, 그러면 재산도 잃어버리고 아버지의 정치적인 힘도 사라지기 때문이다.

"그러니 두 분이라면 시간을 가지고 설득이라는 걸 할 수 있을 겁니다."

"음…… 알겠습니다."

형은 고개를 끄덕거렸다.

노형진의 말이 맞다.

서로 목적하는 바가 다르다면 굳이 싸울 이유가 없다.

배다른 형제가 누군지 모르지만, 저쪽에서 싸울 생각도 없다는데 굳이 이쪽에서 이빨을 드러낼 이유는 없다.

"시간이 좀 걸릴지도 모릅니다."

"시간을 오래 드리지는 않겠습니다. 이게 사실상 최후통첩이니까요."

그리고 노형진은 오래 걸리지 않을 거라고 예상하고 있었다.

⚖

노형진의 예상대로 시간은 그리 오래 걸리지 않았다.

그날 바로 본가로 들어간 두 사람은 이틀 후 노형진에게 문자 한 통을 보냈다.

"하영미라……."

하영미라는 이름과 옛날 주소.

아마도 그게 구보강이 기억하고 있는 김도수의 어머니의 정보일 것이다.

"으으…… 망했다."

"왜?"

"아무것도 없는데?"

주소를 찾아본 서세영은 눈을 찡그렸다.

혹시나 하고 인터넷으로 주소를 검색했지만 거기에는 지은 지 한 20년쯤 되어 보이는 빌라촌밖에 없었다.

쉽게 말해서 구보강이 가지고 있는 정보는 40년 전 것이며 그 주소는 이미 사라진 것이라는 소리다.

"주민번호를 알면 좋은데."

하지만 주민번호는 알 수 없다. 애초에 서로 소송 같은 걸 한 사이도 아니니까.

"저도 추적이 힘들더군요. 과거의 기록을 찾고 싶었습니다만."

고문학도 고개를 절레절레 흔들었다.

"해당 기록에 접근이 불가능합니다."

기록이 너무 오래되어 폐기된 상황.

그래서 거기에 어떤 가족이 살았는지도 알 수가 없는 상황이라는 거다.

하지만 노형진은 그다지 걱정하지 않았다.

"방법이 없는 건 아닐 겁니다."

"방법이 없는 건 아닐 거라니요?"

"우리나라에서는 초등…… 아니 국민학교가 의무교육 기관이니까요."

그리고 학교는 졸업생들의 졸업 사진을 보관하고 있는 경우가 많다.

"심지어 과거의 졸업 사진에는 주소에 전화번호까지 넣었지요."

"진짜로?"

"진짜로 그랬다니까."

더군다나 40년 전에는 국민학교가 많지도 않았다.

지금이야 도심에 흡수된 지역이지만 40년 전에는 완전히 시골이었을 테니, 현실적으로 보면 주변에 학교라고 해 봐야 하나뿐이었을 것이다.

"그리고 그런 곳은 어지간해서는 아직 남아 있을 겁니다."

왜냐하면 도심에 흡수되면서 자연스럽게 재학생이 늘었을 테니까.

"헐, 오빠는 그런 걸 감안하고 움직여?"

"감안해야지. 그러지 않으면 사람 못 찾아."

그런 모습에 서세영은 혀를 내둘렀다.

그러다가 문득 생각난 듯 물었다.

"그런데 왜 군이 구보강에게 직접 찾아가거나 소송하지 않고 자식들을 통해 접근한 거야?"

"응? 아, 그거? 김도수 씨를 보호하기 위해서지."

"김도수 씨를?"

"김도수 씨가 구보강의 재산에 관심이 있어서 정당한 권리를 행사하려고 하는 거라면 모르겠지만, 그게 아니잖아?"

김도수는 친부모에게는 관심이 없다고 했다. 자신의 진짜 부모님은 돌아가신 두 분이라면서 말이다.

"그런데 또 재산을 지키는 입장에서는 다른 생각이 들거든."

"언제든 자기 재산을 노릴 수도 있다?"

"맞아."

실제로 그래서 이쪽은 관심도 없는데 저쪽에서 선공하면서 싸움이 커지는 경우는 무척이나 많다.

"우리가 직접 구보강에게 갔다면 김도수 씨의 존재를 말해야 했을 거야."

물론 이번에는 노형진의 힘으로 정보를 얻을 수 있었지만, 나중에 구보강이나 그 자식들이 보복하려고 하지 않을 거라는 확신은 없다.

"하지만 자녀를 통해 의견만 전달했으니 저쪽은 이름도 모르지."

물론 찾으려고 한나면 찾을 수는 있을 거다. 하지만 그렇게 선을 넘어서 공격하기에는 노형진이 부담될 거다.

"더군다나 부모로서 정을 가진 사이도 아닌데 뭘."

"하긴, 이해가 가네."

임신한 어머니를 버린 놈이 이제 와서 자신이 아버지라고 인정할 리도 없고, 그걸 보고 있어 봐야 김도수 입장에서는 두 번 버려지는 기분이 들 뿐이다.

"그러니까 좋게 해결하려는 거지. 굳이 싸울 게 아니라면."

노형진이 변호사라고 해서 모든 일에 싸울 생각을 하는 건 아니니까.

"그런가?"

"그래. 사실 변호사에게도 재판은 최후의 수단이어야 해."

물론 이쪽에서 지고 들어가는 건 안 된다.

하지만 합의할 기회가 있고 이득도 없는데 굳이 재판할 이유는 없다.

"끄응, 복잡하네."

"그런 거지."

"그나저나 찾을 수 있을까?"

"찾을 수 있을 거야. 문제는 그 후지만."

노형진은 쓰게 웃었다.

⚖️

"아버지가 보고 싶지 않으십니까?"

노형진은 바로 조사에 들어갈 수도 있었다. 하지만 그 전에 확인할 게 있었다.

"아버지라고요?"

김도수의 눈에는 혼란이 가득했다.

그에게 있어서 최근의 상황은 혼란을 넘어서 공포스러울 정도였다.

인생이 부정당하고 가족이라 생각했던 사람에게 공격당하고 있는데 이제는 갑자기 아버지라는 인간이 튀어나온 것이었다.

"저는…….."

김도수는 그 혼란을 어떻게 받아들여야 할지 판단이 서지 않았다.

그에게는 어떤 준비도 되어 있지 않았다.

애초에 이런 건 준비한다고 받아들여질 수 있는 게 아니었다.

"어떻게 해야 합니까?"

"솔직히 말씀드리죠. 현재 부친으로 추정되는 구보강 씨의 재산은 200억이 넘습니다. 정확하게 알 수는 없지만 400억이 넘을 수도 있습니다."

원래가 부잣집 출신에, 경제 부총리를 하면서 제법 재산이 늘었다.

물론 공식적인 재산은 120억 정도다.

하지만 노형진이 제대로 찾으려고 한다면 그는 절대로 재산을 감출 수가 없다.

"원하신다면 친자 확인 소송을 할 수 있을 겁니다."

그러면 합의한다면 30억을, 합의하지 않는다면 최소 50억은 챙길 수 있다.

"왜 그런 말씀을 하시는 겁니까."

"저는 변호사니까요."

변호사는 의뢰인의 이익을 최우선으로 해야 한다.

문제는 그 이익이라는 게 개개인마다 다르다는 거다.

누군가는 재산에 혹하겠지만 누군가에게는 돈이 전혀 중요하지 않다.

"전 싫습니다. 그 사람은 저를 자식으로 생각한 적도 없지 않습니까?"

"그럴 겁니다. 아마 아예 기억도 못 할 겁니다."

거기까지 말하고 노형진은 한참을 침묵을 지켰다. 그러다 조심스럽게 입을 열었다.

"때때로 누군가는 그에 대해 복수하고 싶어 합니다."

자신을 버렸다는 것에, 심지어 기억도 못 한다는 사실에 분노하면서 상대방의 몰락을 원하기도 한다.

유전적으로 아버지라고 해서 과연 진짜 '아버지'일까?

"저는 변호사로서, 원하시는 대로 해 드릴 생각입니다."

"제가 구보강의 파멸을 원한다면요?"

"해 드려야지요. 그게 변호사니까요."

그리고 노형진은 원한다면 실제로 파멸시킬 수 있는 힘이 있다.

그 말에 김도수는 한참을 아무 말도 하지 않았다.

그렇게 수십 분이 지나고 나서야 김도수는 힘겹게 입을 열었다.

"제가 어려서 학교에서 맞고 온 적이 있습니다."

"네?"

"저는 복수하고 싶었지요. 제가 잘못한 것도 아닌데 그놈들은 이유도 없이 절 때렸으니까요."

과거의 이야기지만 노형진은 김도수의 말을 그저 조용히 들을 뿐이었다.

"우리 집은 잘사니까, 그러니까 그놈들을 혼쭐 내 줄 수 있다고 생각했습니다. 그런데 아버지가 그러시더군요."

"뭐라고 하셨는데요?"

"때로는 용서가, 그리고 네가 잘사는 것이 복수라고."

노형진과는 전혀 다른 가치관.

하지만 그걸 부정하지는 않았다. 누군가는 실제로 그렇게 생각하니까.

"솔직히 말해서 저는 그렇게 생각하지 않았습니다. 지금도 아버지의 그 말씀을 이해할 정도는 못 되고요."

"복수하시겠습니까?"

하지만 김도수는 노형진의 예상과 다르게 고개를 흔들었다.

"안 하겠습니다."

"그 말씀을 이해하지 못한다고 하셨잖습니까?"

"네. 어쩌면 아버지의 그 말씀을 영원히 이해하지 못할지도 모릅니다. 살아온 시대가 다르니까요. 하지만 저를 받아 주시고 키워 주신 아버지가 남기신 말입니다. 복수보다는 용서. 그 말이 이해되지는 않지만, 가능하면 지키고 싶습니다. 늦었지만 그게 어떻게 보면 은혜를 갚는 걸지도 모르지요."

"재산에 대한 관심은 전혀 없으신 겁니까?"

"본 적도 없는 사람의 본 적도 없는 재산입니다. 로또를 샀다고 해서 로또 당첨금이 제 거는 아니지요."

담담하게 말하는 김도수. 그의 생각은 단호했다.

"아버지의 유훈을 지키고 싶습니다. 부탁드리겠습니다."

"변호사로서 당연히 도와드려야지요."

노형진은 결심한 듯한 김도수를 보며 미소를 지었다.

고문학은 해당 학교를 통해 자료를 확인했다.

물론 쉽지는 않았지만 그래도 특정할 수는 있었다.

그리고 노형진이 생각하는 문제가 실제로 터졌다.

"표정이 왜 그래?"

직접 설득하겠다면서 친모인 하영미를 찾아갔던 서세영은

완전히 기가 죽은 얼굴로 돌아왔다.

"모른대."

"뭐?"

"자기는 모르는 일이라고, 자기 자식도 아니라더라."

"역시나."

"설마 알고 있었던 거야?"

"모든 부모에게 자식이 자랑스럽고 사랑스러운 건 아니니까."

노형진은 그렇게 말하면서 보고 있던 서류철을 덮었다.

이 상황은 이미 예상한 것이었다.

하지만 그걸 미리 말해 줘 봐야 서세영은 잘 모를 테고, 직접 체감해 봐야 가장 빠르게 배울 수 있기에 노형진은 그녀가 하영미를 찾아간다는 것을 그냥 두고 본 것이다.

자신에게는 동생이지만 변호사로서 의뢰인을 보호해야 하는 그녀가 현실을 몰라서는 안 되니까.

"말했잖아. 만일 애를 찾을 생각이 조금이라도 있었다면 자신이 일하던 가게가 아니라 기록이 남는 고아원으로 보냈을 거라고."

"그러면 애초부터 찾을 생각이 없었다는 거야?"

"그래. 하영미 입장에서는, 김도수 씨는 과거의 수치야."

"세상에, 너무해……. 어떻게 엄마가 돼서 자식을 그렇게……."

충격받은 듯, 서세영이 두 손으로 입가를 가렸다. 그런 그녀의 목소리는 가늘게 떨리고 있었다.

이것이 법이다

노형진은 혀를 끌끌 차면서 서세영이 이해하기 쉽도록 설명했다.

"40년 전은 지금으로서는 이해하지 못할 정도로 여자에게 불리하던 시대야. 하지만 그 시대를 살던 여자들에게는 그게 당연했어."

과거의 기준으로 봤을 때 그녀는 아이를 낳은 것이 자신의 실수라며 자책했을 가능성이 분명히 있다.

"그런 경우에는 아이를 낳은 것 자체를 부정하고 살아가지."

가져다 버린 아이를 그리워하면서 평생을 혼자 산다?

애석하게도 그런 건 이제 드라마에서도 안 나오는 망상일 뿐이다.

"그녀 입장에서는 사실상 날벼락을 맞은 격이라고."

과거를 잊고 새로운 사람과 결혼해서 마침내 평화로운 삶을 살아가는 와중에 갑자기 누군가가 찾아와서 '당신의 아이에 관해서 물어볼 게 있습니다.'라고 묻는 것은, 하영미 입장에서는 자신의 치부가 40년 만에 자신을 찾아온 셈이다.

실제로도 부모를 찾은 많은 고아들이 다시 한번 내쳐진다.

현실이라는 건 때때로 그토록 잔인하다.

"아니, 나는 그걸 감안해서 혼자 있을 때 접근했단 말이야."

"그건 잘했네."

"그런데 모른다잖아."

"모른다고 할 수밖에 없지."

노형진은 어깨를 으쓱하며 말했다.

"그러면 어떻게 해야 해?"

"어떻게 하긴. 위협해야지."

"뭐? 아니, 이제 70이 다 되어 가는 노인분을?"

노형진의 말에 서세영은 깜짝 놀랐다.

노형진은 성격상 그런 사람을 건드리는 걸 꺼리기 때문이다.

"그래, 불쌍해 보이지. 하지만 때때로는 독한 약을 써야 하거든."

소독약은 따갑고 아프다. 하지만 다친 사람이 불쌍하다고 약을 쓰지 않으면 결국 상처만 천천히 썩어 갈 뿐이다.

"김도수를 버린 사람이야. 자기 인생이 중요하니 입을 다 문다고? 그러면 모두에게 버림받은 김도수 씨의 인생은? 확실하게 알아 둬. 우리한테 의뢰한 건 김도수 씨야, 하영미 씨가 아니라."

더군다나 하영미 씨의 인생을 박살 내 달라는 의뢰도 아니다. 그저 하영미가 입양과 관련해서 과거의 이야기만 해 주면 되는 거다.

그런데 자기가 불편하다고 자식의 인생이 망가지는 걸 모른 체한다?

"그런 사람이라면 보호할 이유도 없지."

더군다나 이쪽에서 이걸 터트리겠다는 것도 아니고 조용히 덮어 주겠다는데 말이다.

"평온을 원한다면 그만큼 행동을 해야 해. 아무것도 안 하면서 평온하기만을 바라면 안 되지."

노형진은 피식 웃으며 말했다.

"이제부터는 내가 할게. 두고 보고 있어."

⚖️

노형진은 바로 하영미를 찾아갔다.

이제는 노인이 되어 버린 사람.

그녀는 노형진이 찾아가자마자 길길이 날뛰었다.

"네 이놈! 나는 모른다니까! 나는 아무것도 몰라!"

서세영은 길길이 날뛰는 하영미를 보다가 노형진의 눈치를 살폈다.

자신이 아무리 설득하려고 해도 들으려고도 하지 않던 노인이다. 그런 노인을 과연 노형진은 어떻게 설득할 것인가.

하지만 노형진은 설득할 생각이 없었다.

"상관없습니다. 어차피 어머니한테 복수할 거니까."

"뭐?"

노형진의 말에 하영미의 눈이 커졌다.

복수라니? 이게 뭔 소리란 말인가?

그런 그녀를 노형진은 더더욱 매몰차게 몰아붙였다.

"설마하니 자식을 그렇게 버려 놓고 맘 편하게 살 수 있을 거라 생각하셨습니까? 김도수 씨가 얼마나 고생하면서 살았는지 아십니까?"

"뭐…… 뭐라고?"

"자식의 인생을 망쳤으면 그 책임을 지셔야지요. 똑같이 낳은 자식인데 왜 누군가는 맘 편하게 이쁨받으면서 살고 다른 누군가는 노예처럼 굴러가면서 밑바닥 인생을 살아야 합니까? 그건 아니죠."

노형진의 말에 서세영의 눈이 커졌다.

설마 진짜로 협박할 줄은 몰랐다.

"업보라는 건 돌아오는 겁니다. 그리고 부모의 업보를 자식이 지기도 하죠."

노형진은 단호하게 말했다.

"자녀분들이 이 사실을 알면 개판 나겠네요. 일단 재산부터 내놓으셔야 할 겁니다. 양육비도 받아 내야지요. 아, 그리고 남는 재산에 대해서도 분할 청구할 예정입니다. 이걸 과연 자녀분들이 좋아할지는 모르겠네요. 애초에 손해배상까지 감안하면 남는 재산이 있을지도 모르겠고."

노형진은 마치 진짜로 그럴 것처럼 이죽거리면서 말했다.

그러자 하영미는 부들부들 떨었다.

"내 자식들은…… 내 자식들은 안 돼!"

"허? 김도수 씨는 자식이 아닌가요? 똑같은 자식인데 왜 한쪽만 이렇게 차별을 하실까? 그렇게 차별하고, 아니 그렇게 버리고 도망갔는데 설마 복수하지 않을 거라 생각했어요? 이 할머니 참 순진하시네."

이죽거리던 노형진은 단호하게 말했다.

물론 김도수는 복수의 의사가 없다고 확실하게 선을 그었지만 그 사실을 하영미는 모른다.

그리고 노형진은 이 정도 거짓말에 양심의 가책을 느낄 사람도 아니다.

"기대해 보세요, 우리가 당신네 집안을 어떻게 박살 낼지. 아, 그러고 보니 남편분이 아직 살아 계시죠? 그분이 과거의 출산 사실을 아신다면 어떻게 될까요?"

변호사가 아니라 악마가 떠드는 것 같은 그 모습에서 서세영은 눈을 뗄 수가 없었다.

"혈압이 오르지 않길 바랍니다. 저 같으면 혈압 올라서 돼질 것 같거든요."

"안 돼……. 안 됩니다. 제발…… 제발 그러지 말아 주세요."

방금 전까지만 해도 소리를 버럭버럭 지르던 하영미의 태도가 완전히 바뀌어 버렸다.

지난번에는 서세영이 혼자 와서 자신에게 도움을 요청한다고 했다. 하지만 자신은 생각하기도 싫은 과거사였기에 화를 내면서 쫓아 보냈다.

그런데 설마 그게 최후통첩이었을 줄이야.

"좋게 끝내려고 했는데 그런 자녀분의 뒤통수를 치신 게 할

머님이시잖아요? 우리 의뢰인은 인생을 조졌는데 왜 당신하고 당신 새끼들만 잘 살아요? 우리 의뢰인도 당신 새끼인데?"

"그건…… 실수였어요, 실수."

"뭐, 사람 죽인 새끼도 실수라고는 하더라고요. 그런데 실수로 사람을 죽였다고 처벌을 안 받는 건 아니잖아요?"

노형진이 몰아붙이기 시작하자 하영미는 다급하게 변명했다.

"아니에요. 진짜로 실수예요. 거기서는 잘 키워 준다고 했어요, 진짜로. 흑흑."

"웃기는 소리 하지 마세요. 당신이 가게에 버리고 간 걸 우리가 모를 것 같습니까? 그런데 왜 우리가 당신 말을 믿어야 되죠?"

노형진은 더더욱 몰아붙였다.

어찌나 매몰차게 몰아붙이는지 이제는 서세영이 불편한 표정을 지을 정도였다.

하지만 노형진은 그럴 수밖에 없었다.

'잘 키워 준다 했단 말이지?'

지금 자신들이 아는 정보대로라면 하영미는 김도수를 가게에 버리고 도망갔다. 당연히 그 과정에서 김도수의 양부모를 만난 적이 없다.

그런데 잘 키워 준다고 했다?

그 말은, 자신들이 모르는 사이에 실제로 만나서 입양 과정을 밟았다는 소리다.

"잘 키워 준다고 했단 말입니다, 진짜로."

"아니, 버리고 갔으면서 말은 진짜 뻔뻔하게 하네요."

"아니에요. 진짜로 잘 키우겠다고 했어요. 애가 학교에 가야 하니까, 친자식으로 올린다고."

그 말에 노형진은 속으로 환호를 질렀다.

'찾았다.'

초등학교 때 자식으로 올렸다. 그건 화란연이 주장하는 거고 실제로 기록도 남아 있다.

하지만 그 일에 법정대리인의 동의가 있었는지 없었는지가 관건이었다.

그런데 상황을 보니 하영미는 그걸 알고 있었다.

'하긴, 연락처가 있었을 수도 있으니까.'

비록 핸드폰이 있던 시대는 아니지만 주소 정도는 알고 있었을 수 있다.

물론 편지로 물어보지는 않았을 거다. 왜냐하면 가족들이 보면 곤란하니까.

하지만 편지로 다른 핑계를 대고 만나자고 할 수는 있고, 가족들이 그걸 하영미에게 말해 줬을 가능성이 크다.

"증거 있어요?"

"증거……."

"증거도 없이 그냥 잘 키워 줄 거라는 말만 듣고 버리는 걸 보통 유기라고 합니다. 아, 그러고 보니 재산이 문제가 아니겠네. 지금이라도 유기로 처벌해야 하나?"

필요한 증언을 받아 내기 위해 노형진은 일부러 비정한 얼굴을 하고 말했다.

사실 공소시효는 이미 지났지만 어차피 하영미는 그 사실을 모를 테니까.

그 말을 들은 하영미는 예상대로 최대한 기억을 쥐어짰다.

"진짜로 잘 키워 준다고 했어요. 자기 자식으로 대한다고 했다고요."

"그거야 할머니 혼자 말하는 거고. 그걸 보통 뇌 내 망상, 요즘은 뇌피셜이라고 하죠."

"아니에요. 변호사랑 만나서 이야기도 했다고요."

"변호사?"

이건 또 전혀 생각해 보지 못한 상황이었다.

"변호사랑 이야기했다고요?"

"네, 진짜예요. 제발, 우리 애들은 아무것도 모릅니다. 다 제가 잘못한 겁니다. 우리 애들에게만은 제발……. 우리 남편도 알면 진짜로 죽어요, 흑흑."

코너에 몰리자 하영미는 과거에 있던 일들을 다급하게 털어놓았다.

속사포처럼 쏟아지는 그녀의 말을 들으면서 노형진은 생각에 빠졌다.

'변호사를 만났다는 건 계약서를 썼다는 건가? 아니야. 계

약서를 쓸 만한 일은 아닌데.'

김도수의 부모는 아이가 입양이라는 사실을 감추기 위해 입양 신고가 아니라 출생신고를 했다. 그럼 변호사를 만나서 계약했을 리가 없다.

그렇다면?

'공증인가?'

공증. 법적인 증거를 남기는 하나의 행위다.

공증을 할 수 있는 변호사는 당사자들의 동의를 얻어서 공증을 받고 서류로 그 기록을 남긴다.

그리고 나중에 문제가 생기면 그게 법적으로 강력한 증거가 되거나 법적인 판결문이 된다.

예를 들어 300만 원을 빌렸다고 공증하면 실제로 300만 원을 빌렸다는 증거이기 때문에 상대방은 그걸 갚아야 하고, 그걸 갚지 않는 경우 공증은 그 자체로도 판결문의 효력을 가지기에 갚지 않은 사람에게 압류를 걸 수 있다.

'하긴, 나중에 가서 애를 내놓으라고 할 수도 있는 일이니.'

하지만 공증한 경우는 입양한 기록이 남지 않기 때문에 자기 자식으로 키울 수 있다.

법적인 보호를 받으면서도 동시에 특별한 문제가 없는 한 입양 기록도 남지 않는 거다.

왜냐하면 공증은 공시나 등록의 대상이 아니니까.

"그걸 어떻게 알아요?"

"진짜예요. 진짜로 알아요."

반응을 보면 아무래도 진짜로 공증을 한 모양이었다.

'이거 곤란한데?'

문제는, 공증이라는 게 영원히 보관하는 게 아니라는 거다.

보통 재산과 관련된 것은 10년, 기업과 관련된 것은 20년이다. 최장 보관 기간은 25년이고 말이다.

특히나 이번 경우처럼 그 밖의 경우는 서류의 의무 보관 기간이 고작 3년밖에 안 된다. 당연히 40년이나 지난 시점에 공증 서류가 남아 있을 리가 없다.

'골 때리네, 이거.'

⚖️

"오빠, 어떻게 생각해?"

"일단 가장 큰 문제는 공증 서류는 없을 거라는 거야."

물론 법적 보관 기간이 있다지만 딱 그 순간부터 무조건 폐기하는 건 아니다. 왜냐하면 그걸 구분하고 폐기하는 것도 일이니까.

공증한 서류는 아무 곳에나 둘 수 없다. 당연히 그걸 보관하기 위한 창고를 법적으로 별도로 두도록 되어 있다.

시간이 다 되었다고 바로 폐기하는 건 아니지만, 창고에 자리가 부족하다고 판단되면 공증 서류를 분류해서 폐기한다.

"그런 면에서 보면 공증 서류가 남아 있을 리가 없지."

보관 기간 3년으로 가장 보관 기간이 짧은 서류다.

1~2년이 지난 것도 아니고 무려 40년이나 지난 공증 서류가 남아 있을 리가 없다.

"아, 미치겠네."

"그러니까."

"그 할머니는 서류 같은 건 없다는데."

공증을 한 서류는 변호사만 보관하는 게 아니다.

변호사가 하나, 당사자들이 각각 하나씩 총 세 개를 보관하게 된다. 하지만 하영미는 서류를 받자마자 폐기했다고 한다. 쳐다보기도 싫었다고 하니까.

"그나마 다행인 건 그 할머니가 증언은 해 준다는 건데."

물론 조건은 있었다.

일단 김도수와는 마주치기 싫다는 것.

하긴, 자기가 버린 자식과 마주친다면 부담스러울 수밖에 없을 것이다.

"그런데 그것도 쉬운 게 아니란 말이지."

마주치지 않고 증언하는 건 쉽다.

김도수도 자신을 버린 하영미에게 아무런 관심이 없으니까 그날만 재판정에 나오지 말라고 하면 그만이다.

혹시 불안하면 그날 서세영이나 직원이 그에게 붙어 있으면 되고.

"하지만 화란연 측의 황마주라는 변호사는 분명히 유전자 검사를 요구할 거야."

그리고 그걸 통해 모자 관계가 아니라고 주장할 거다.

물론 현재 상황을 봐서는 친모일 가능성이 크니 그건 문제 될 게 없다.

"그래도 증거가 없으니 아마 우리가 돈 좀 쥐여 주고 위증해 달라고 부탁한 거라고 주장하겠지."

"뭐, 그런데 솔직히 상관없지 않아?"

일이 이쯤 되면 현실적으로 화란연이 이기는 건 불가능하다.

이미 화란연이 거짓말한 것에 대해 재판부가 의심하고 있는 상황에서 친모까지 나타나서 당사자 간의 합의가 있었다고 주장하는데, 재판부가 화란연의 주장을 받아들여 줄 리가 없다.

"물론 그렇지. 하지만 다른 게 문제야."

"다른 거?"

"김도수 씨의 심리."

"김도수 씨의 심리라니?"

"김도수 씨는 이제 자신이 혼자라고 심각하게 생각할 거야. 돌아가신 부모님은 알고 보니 양부모고, 친척이라는 년은 재산을 빼앗으려고 소송하고, 생부 생모라는 놈은 자기한테 관심도 없거나 아예 버리고 갔지. 그 충격이 얼마나 크겠어?"

"그건 그렇지."

"그 상황에서 김도수 씨를 입양했다는 기록은, 양부모님이 진심으로 김도수 씨를 사랑했다는 하나의 상징적인 증거거든. 그러면 아무래도 김도수 씨가 받는 정신적 충격이 좀 덜하겠지."

그 말을 들은 서세영은 큰 충격을 받았다.

다른 변호사들과는 다른 노형진의 그런 모습은 자신으로서는 상상도 못 하던 부분이었으니까.

"표정이 왜 그래?"

"그냥…… 다른 변호사들은 이쯤에서 멈추지 싶어서."

"이기니까. 그리고 그걸로 끝나니까."

사실 재판에서 이기고 나면 그걸로 끝이다.

그 후에 정신적 충격을 받은 의뢰인이 자살하든 폐인이 되든, 변호사들 입장에서는 관련 없는 제3자의 문제일 뿐이다.

"하지만 우리 새론은 아니야."

의뢰인을 위해 최선을 다한다. 그게 새론의 모토다.

"모두에게 공정한 서비스. 그게 단순히 법적으로만 적용되는 게 아니거든."

의뢰인이 재벌가라면 과연 변호사들이 재벌가의 심기를 신경을 안 쓸까?

그럴 리가 없다. 어떻게 해서든 재벌가의 기분을 풀어 주기 위해 무슨 짓이든 다 할 거다.

"이번 사건도 마찬가지야. 물론 일반적으로는 이렇게까지 하지 않겠지. 하지만 이 경우는 특수하니까."

물론 시간이 지나면 김도수도 안정을 찾을 거다. 그에게는 아내가 있고 자식이 있으니까.

그러니까 그 시간을 버틸 수 있는 힘.

즉, 부모님이 나를 사랑했다는 증거가 필요한 것이다.

"하지만 공증 서류는 없을 거라면서?"

"부모님은 보관했을 것 같은데 말이지."

아이를 빼앗기지 않기 위해 공증까지 했던 부모님이다.

입양 기록을 남기지 않은 것도 아이가 자신이 입양아라는 걸 몰랐으면 하는 바람에서 한 행동이었다면, 아이를 나중에 보호하기 위해서라도 그 서류를 보관했을 가능성이 크다.

"하지만 이미 재산은 정리된 상황이잖아."

"재산이야 정리되었지. 하지만 거기에는 없었잖아."

노형진은 그 말에 고민했다.

확실히 김도수가 어머니 사후에 그녀의 집을 정리했다. 그 과정에서 특별히 나온 건 없었다.

'왜 없을까?'

나이 먹은 후 폐기? 물론 그럴 수도 있다.

하지만 만일에 대비해 공증까지 하면서 기록을 보관한 것을 생각하면 말이 안 된다. 꼼꼼하다는 거니까.

생각에 잠겨 있던 노형진은 문득 떠오른 생각을 중얼거렸다.

"어쩌면 김도수 씨가 모르는 곳에 감췄을 수도 있지."

"모르는 데에다가 감췄다고?"

"그래."

"어째서?"

"화정자 씨는 김도수 씨가 친자식이 아니라는 사실을 감추고 싶어 했잖아."

그래서 굳이 늦게라도 호적에 올리고 출생신고를 하는 방식으로 일을 처리했다.

"집에다가 서류를 뒀다가 혹시라도 그걸 김도수 씨가 발견할 수도 있으니까."

"그렇다고 그걸 따로 둔다고?"

"생각보다 그런 문제에 예민하게 반응하는 사람들이 많아."

특히 자식에 대해 애틋하게 생각하는 사람들은 더더욱 그렇다.

"더군다나 40년 전이잖아."

지금이야 입양이라는 게 사회적으로 좋은 행동, 사회적 선행으로 인식되지만 40년 전에는 어땠을까?

"40년 전에 입양이라고 하면 무척이나 처우가 안 좋았어."

상황이 안 좋아서 부모가 버렸다?

아니다. 그렇게 생각하는 사람들은 소수고, 대부분의 사람들은 '누구 씨앗인지도 모르는 더러운 존재'라고 생각했다.

"아, 그렇겠네. 맞아. 그 당시 기록을 보면 그런 거 있더라."

혈통이 중요하던 시기다.

지금도 마찬가지이긴 하지만, 그 당시만 해도 입양이라는 건 집안에 남의 씨앗을 들이는 더러운 행동으로 인식해서 집안이 뒤집어지는 일이었다.

만일 집안에 대를 이을 남자가 없다?

그래도 멀쩡하게 부모가 있는 친척의 애를 빼앗아 가면 갔지, 피 한 방울 안 섞인 남의 아이를 입양해서 키우는 건 용납되지 않던 시절이었다.

"그게 다 혈통을 지키기 위해 벌어진 일이지."

그런 상황에서 김도수의 부모님이라면 어떻게 해서든 그 사실을 감추려고 했을 가능성이 크다.

"미래에 입양한 사람들에 대한 이미지가 달라질 거라고 생각할 정도는 아닐 테니까."

"그러면 어디다 둔 거지?"

"글쎄. 어디다 뒀을까?"

노형진은 한참을 고민하다가 문득 아차 싶었다.

지금 자신들은 과거의 혈연과 혈통주의에 대해 이야기하고 있다.

"그런데 우리가 보는 시선이 좀 잘못된 것 같네."

"응? 오빠, 그게 무슨 소리야?"

"화정자 씨에 대해서만 생각하고 있잖아. 만일 그런 서류를 감춘다면 가장 좋은 곳은 할머니, 할아버지 댁이지."

왜냐하면 사주 왕래는 하지만 동시에 그곳을 김도수가 이리저리 뒤져 보거나 할 일은 없으니까.

"어? 그러고 보니 이번 사건에 친가 쪽은 한 번도 이야기가 안 나왔나?"

"나올 이유가 없었지."

친가는 애초에 상속권도 없다.

그리고 친가라고 해도 이제 아버지 세대는 다 돌아가시고 사촌 정도만 남아 있다.

"더군다나 그 사촌들이 상황을 알 만한 입장도 아니고."

출생 시기가 미묘하게 비슷해서, 그들은 김도수의 입양에 대해 전혀 모르거나 그 사실을 기억하지 못할 시점에 그 시기를 보냈다.

당연하게도 그들이 아는 건 전혀 없을 거다.

"하지만 외가에는 아무것도 없단 말이지."

화정자는 죽었고 이미 서류와 물건은 다 정리했다. 그런데도 없다? 그렇다면 남은 건 친가뿐.

"더군다나 한국은 전통적으로 외가보다는 친가와 더 친밀하니까."

"그건 사실이지."

"그리고 그 할머니, 할아버지라는 분들도 입양에 전적으로 동의하신 모양이고."

김도수도 그러지 않았던가? 자신은 전혀 차별 같은 걸 겪은 적도 없었다고.

"그렇다면 할머니, 할아버지가 보관하지 않았을까?"

"하지만 이미 돌아가셨잖아."

"그렇기는 하지."

이미 할머니, 할아버지는 돌아가셨다.

"하지만 그 재산을 누군가 정리하지 않았을까?"

노형진은 혹시나 하는 생각에 자리에서 일어났다.

"누군가 그 재산을 정리하면서 챙겼을지도 모르지."

할머니, 할아버지는 돌아가셨다. 그리고 그 재산을 정리한 것은 김도수의 큰아버지였다.

애석하게도 김도수의 아버지는 할머니보다 좀 더 일찍 돌아가셨기 때문에 그걸 정리할 사람은 오로지 김도수의 큰아버지뿐이었다.

그리고 그때쯤 김도수의 어머니는 치매가 오기 시작한 시점이었고 말이다.

"그런 일이 있는 줄은 몰랐습니다."

김도수의 사촌 형은 충격을 받은 얼굴이었다.

"아무래도 이런 건 창피해서라도 이야기하기 힘든 부분이죠."

더군다나 자신이 입양아라는 사실을 알게 되었을 때 과연 진처럼 다른 친인척들에게 연락하는 게 편할까?

그럴 리가 없다.

고립되었다고 느끼고 스스로를 더욱 고립시킬 테니까. 실제로 김도수도 그러했고.

"아버지가 돌아가신 후에 저희가 서류를 정리하기는 했습니다. 그런데 일이 이렇게 될 줄은……."

쓰게 웃는 사촌 형. 그는 뭔가를 꺼내서 노형진에게 건넸다.

"공증 서류입니다."

"찾으셨군요!"

"사실은…… 알고 있었습니다."

"알고 있으셨다고요?"

"네. 서류를 정리하기 위해서는 읽을 수밖에 없으니까요."

조부와 조모가 돌아가신 후에 서류는 자연스럽게 큰아버지에게 넘어갔고, 큰아버지는 이미 입양에 대해 알고 있었다. 그리고 동생 부부가 어떤 마음으로 이 서류를 조부와 조모의 집에 감춰 두고 있었는지도.

그랬기에 그걸 넘겨받아서 혹시나 하는 마음에 보관해 두고 있었던 거다.

"그리고 아버지가 돌아가신 후에 그걸 제가 넘겨받았지요."

"그런데 왜 안 돌려주신 겁니까?"

"저도 몰랐으니까요. 그리고 그걸 감춘 이유가 이해되더군요. 사실은 저도 입양해서 키우는 애가 한 명 있습니다."

"네?"

"저희 셋째가 입양된 애입니다."

그는 쓰게 웃으며 말했다.

"그래서 할머니, 할아버지뿐만 아니라 작은아버지 가족들의 마음도 이해가 가더군요."

혹시나 입양아라고 해서 차별받지 않을까 하는 걱정과 동시에 입양아라는 이유로 보호받지 못하는 거 아닐까 하는 두려움.

실제로 법적으로 입양된 사람에게도 재산의 권한이 있다고 못 박힌 지 수십 년이 되었지만 여전히 친척이라는 인간들은 재산을 내놓으라고 목소리를 높이면서 매년 소송을 걸고 있고, 이제는 그게 딱히 언론에 나갈 정도로 뉴스가 되지도 않는 시대다.

무조건 질 수밖에 없는 상황임에도 불구하고 돈을 뜯어내겠다고 그렇게 소송을 거는 상황에서, 부모들은 자식을 위해서라도 어떻게 해서든 보호 대책을 강구해야 하는 비참한 현실.

"그래서 제가 모른 척하고 보관하고 있었습니다."

"하아~."

만일 처음부터 김도수가 주변에 도움을 청했다면 어땠을까? 아마도 별문제 없이 이 소송은 정리되었을 거다.

하지만 자신이 입양아라는 사실 때문에 스스로를 고립시켰고 그 결과 이번 사건을 복잡하게 만들어 버렸다.

"그나마 다행이군요."

"도수가 충격을 많이 받았나요?"

"네, 솔직히 많이 받았습니다."

"나중에 만나서 술이라도 한잔해야겠군요."

사촌 형의 말에 노형진은 쓰게 웃을 수밖에 없었다.

판결은 간단했다.

이미 화란연과 황마주가 거짓말을 하고 있을 가능성에 대해 판사가 의심하는 상황이었고, 김도수의 생모가 입양에 동의했다고 증언한 데다가 그에 대한 공증 서류까지 있으니까.

당연히 원고 패소 결정이 내려졌고, 그 날벼락에 재판이 끝나자마자 화란연과 황마주는 멱살을 잡고 싸우기 시작했다.

"이길 수 있다며!"

"저런 게 있다는 소리 안 했잖아!"

"이길 수 있다며! 내 돈! 내 돈! 40억 내놔!"

"뭔 개소리야! 후불로 주기로 한 수임료 내놔! 수임료 2천만 원 당장 토해 내!"

서로 멱살을 잡으면서 싸우는 두 사람을 보며 혀를 끌끌 차던 노형진은 김도수를 바라보았다.

그 둘이 싸우든 말든, 혹은 나중에 서로 소송전을 하든 말든 그에게는 중요하지 않았으니까.

"공증이라니……."

공증 서류를 바라보면서 김도수는 눈물을 흘렸다.

"부모님께서는 김도수 씨를 사랑하셨습니다. 그리고 어떻게 해서든 지키고 싶어 하셨고요."

그리고 그걸 조부와 조모도 알고 있었기에 온 가족이 그를 보호하려고 했다.

"김도수 씨는 혼자가 아니었습니다. 입양아라고 자책하지 마세요. 주변에는 예나 지금이나 가족이 있습니다."

그 말에 김도수는 눈시울을 붉혔다.

입양이라는 사실을 알았을 때만 해도 완전히 사회적으로 고립된 줄만 알았다. 모두가 자신을 속이고 기만한 줄만 알았다.

하지만 주변에서는 그를 어떻게 해서든 보호하려고 했고 또 나름 최선을 다했다.

그걸 복잡하게 이끌어 간 것은 어찌 보면 자신이 입양된 아이라는 자격지심이었다.

"감사합니다. 감사합니다."

김도수는 노형진의 손을 붙잡고 눈물을 펑펑 흘렸고, 그걸 보면서 서세영은 왠지 코끝이 찡한지 애써 시선을 돌렸다.

"혼자 사는 세상이 아닙니다. 누군가는 당신 곁에 있을 겁니다."

노형진은 그의 손을 잡으며 미소를 지어 주었다.

"그러니까 절대로 포기하지 마세요."

노형진은 그에게 가장 진하고 싶은 말을 하면서 그를 안아 주었다.

권력의 속성이란 비정함이다

국정원은 비참하기 그지없었다.

새해가 되고 세상이 모두 새해를 축하하고 있지만 국정원은 그에 동참할 수가 없었다.

"대통령의 의중은 확고합니까?"

"네, 확고합니다. 국장님 말씀에 따르면 자기 최후의 업무가 될 거라고 했답니다."

그 말에 누군가 '쾅' 소리가 나게 테이블을 내려쳤다.

"우리 국정원이 조국을 위해 얼마나 노력을 했는데 이게 무슨 말도 안 되는 짓거리입니까!"

"하지만 지난번 이후에 확실히 문제가 되기는 하지 않았습니까?"

박기훈의 확고한 의지.

그건 다름 아닌 국정원의 분할이었다.

정확하게는, 국정원이라는 하나의 조직에서 국내와 국외를 전부 담당하는 게 아니라 별도의 국내 조직과 국외 조직을 만들어서 관리하겠다는 거다.

실제로 대부분의 나라는 모든 정보 업무를 한 조직에 몰아주지 않는다.

미국의 경우는 미국 외부의 정보 업무는 CIA가, 내부의 업무는 FBI가 처리한다.

영국의 경우는 내부의 업무는 MI-5가, 외부의 업무는 MI-6가 담당한다.

왜냐하면 정보를 한 조직이 다 담당하면 그 자체가 권력 집단이 되기 때문이다.

실제로 그런 정보 집단은 독재국가에서 운영되는 경우가 많다.

국정원 역시 그러한 권력 집단화를 피할 수 없었고, 박기훈은 자신의 최후의 업무로써 국정원을 찢어서 국정원은 해외 업무를 담당하고, 그리고 아직 정해지지 않은 이름의 조직은 국내 업무를 담당하게 할 생각인 것이다.

"그럴 수는 없습니다. 그럴 수는!"

당연히 국정원 입장에서는 절대로 받아들일 수 없는 일이었다.

자신들이 권력을 쥐기 위해 얼마나 노력해 왔는데 이제 와서 그걸 모두 놓으라니?

물론 조국에 대한 충성이라고 주장해 왔지만 내심은 자신들이 잘만 하면 대한민국을 지배하는 흑막이 될 수 있을 거라 생각해 왔고, 실제로 반쯤은 그렇게 행동해 왔다.

필요에 따라서는 정치인을 살해하는 것도 서슴지 않았다.

당장 그 유명한 닭 사료 사건도 국정원의 전신인 중앙정보부가 저지른 일이 아니던가?

물론 그건 그 당시 대통령의 명에 의한 거지만, 그것 말고도 자신들을 위협하는 놈들을 조용히 처리하는 건 어려운 일이 아니었다.

국정원이라는 곳 자체가 그런 업무를 하기 위해 만들어진 조직이니까.

그런데 국정원 내부에서 팀을 분할하는 것도 아니고 아예 별개의 조직을 만든다?

국정원 입장에서는 위험한 짓은 자기들이 다 했는데 권력의 꿀은 새로이 생겨날 놈들이 다 빨아먹을 것으로 보일 수밖에 없었다.

"이대로 그냥 당할 수는 없습니다. 어떻게 해서든 막아야 합니다!"

"어떻게 막을 겁니까? 이미 여론은 넘어갔어요."

국민들조차도 국정원을 안 좋아하고 박기훈의 그런 의견

이 맞다고 생각하고 있다.

심지어 진보고 보수고 나뉘지도 않고 말이다.

그럴 만도 했다.

국정원 요원이 북한에서 마약을 받아다가 한국에 팔던 간첩을 지켜 주고, 심지어 마약과 한국에 테러할 독가스의 반입까지 도와줬다고 하니 누가 국정원을 믿겠는가?

여론조사 결과 80%가 별개 조직의 필요성을 인정했고, 박기훈의 계획이 발표된 후에는 레임덕으로 인해 점점 떨어지던 지지율이 반등하기까지 했다.

박기훈이 진보 성향의 대통령이라서 보수 성향의 지지자들에게 좋은 평가를 받지 못한다고 해도, 나라를 팔아먹는 놈들을 국가의 정보 조직으로 둘 수는 없다는 건 상식이니까.

진보고 보수고 하는 정치적 성향도 결국 대한민국이 존재할 때의 이야기지 대한민국이 존재하지 않는데 누가 정권의 정치 성향을 따진단 말인가?

어쨌거나 음지에서 권력을 추구하던 국정원에는 날벼락도 이만저만한 날벼락이 아니었다.

물론 박기훈이 국정원에 국내를 맡기고 국외를 다른 조직에 맡긴다고 했다면 국정원은 조용히 입 닥치고 있었을 거다.

어차피 국정원의 외부 정보 시스템은 작살난 지 오래고, 모든 여력을 국내 감시와 정권 탈환 그리고 권력 유지에 쓰고 있는 상황이니 그냥 짐짝처럼 여겨지던 해외 정보 라인을 다른 조직에 넘기는 편이 차라리 국정원에 유리하니까.

하지만 그 사실을 알고 있는 박기훈은 반대로 국정원에 해외 정보 라인을 맡기고 반대로 새로운 조직에 내부를 맡긴다고 했고, 권력을 통째로 잃어버릴 이 상황에서 국정원 내부는 살벌하기 그지없었다.

"그러면 여기에 모인 분들의 입장은 비슷할 거라 생각합니다."

많은 사람들이 잡혀 들어갔지만 사실 국정원 내부에는 여전히 부패한 놈들이 많았다.

어찌 되었건 국정원은 정보전을 하도록 훈련받는 곳이고, 자신의 비리를 감추는 데에 능숙한 집단이기 때문이다.

그리고 그들은 현 대통령의 행동을 용납할 수 없었다.

"조국과 국민 그리고 민주주의를 위해 다음 작전을 실행하도록 하지요."

다시 한번 그들이 스스로 잃어버린 핑계를 대면서 읊조리는 남자의 말에 모두의 눈빛이 번뜩였다.

"박기훈은 제거하는 걸로 하겠습니다."

⚖️

"아니, 이 새끼야. 범인을 잡으라니까 이빨을 왜 뽑아?"

"아니, 전 그 새끼들이 독단이라도 깨물고 자살할 줄 알았죠."

"미친 새끼! 독단? 무슨 무협지 찍냐? 왜, 아주 그냥 어디

갇혀서 벽곡단이라도 처먹으면서 면벽 수련이라도 하지 그
러냐?"

검사장의 말에 오광훈은 고개를 끄덕거렸다.

"뭐, 생각 좀 해 보겠습니다."

"아이고, 내가 어쩌다 이런 미친 새끼를……."

검사장은 치를 떨며 고개를 절레절레 흔들었다.

"그런데 갑자기 왜 그러세요, 작년 일 가지고?"

"작년? 누가 들으면 한 열 달쯤 지난 줄 알겠다."

"한 달 전이잖아요. 그리고 일반 범인도 아닌 간첩 새끼들
인데."

조사 결과, 그들은 실제로 중국의 스파이로 의심되고 있는
상황이었다.

물론 확신은 할 수가 없다. 중국에서는 그런 사람 없다고
했으니까.

하지만 소구태는 그들이 스스로를 중국의 요원이라고 말
했으며 중국어로 대화하는 걸 수차례 봤다고 했고, 현장에서
도 중국어로 된 물품이 많이 발견되었으니 중국의 스파이가
맞을 것이다.

더군다나 요원이 아니라면 중국의 교도소에 갇혀 있던 소
구태에게 접근하는 것 자체가 불가능했을 테니까.

"도대체 뭐가 문제인데요?"

"인권 단체에서 지랄한다, 야."

"인권 단체요?"

"그래. 네가 거기서 애들 어금니를 니퍼로 뽑았잖아! 그걸로 인권 단체가 지랄한다고."

그 말에 오광훈은 코웃음을 쳤다.

"만나 본 적도 없는 새끼들이 뭔 개소리래요? 그리고 니퍼 아니고 펜치였는데요."

"지금 그게 중요해, 이 새끼야!"

체포된 놈들은 누구도 만나지 않고 있다.

단 한 명, 변호사만 접견하고 있으며, 그마저도 제대로 된 이야기를 하지 않고 있었다.

그들은 스스로를 중국에서 온 관광객이라 주장하고 있으며 왜 사기를 쳤는지, 현장에 왜 자동화 소총 등 무기가 있었는지, 그리고 왜 그걸로 한국 경찰과 교전까지 불사했는지에 대해서는 절대로 입을 열지 않고 있었다.

그런 상황에서 인권 단체를 만나 '우리가 저놈들에게 고문당했어요. 찡찡찡.' 하고 떠들어 댈 리가 없지 않나?

"아가리 털까 봐 중국에서 인권 어쩌고 하는 애들한테 돈 좀 쥐여 주고 떠들게 하나 보네요. 직접 변호사는 못 붙여 주니까."

"아, 몰라, 이 새끼야."

"거참."

안 봐도 뻔하다.

어디서 주워듣고는 '어머, 고문!' 하고 또 자기 이름 좀 알려 보겠다고 설치고 다니는 거다.

아니면 오광훈의 예상대로 중국에서 보호를 위해서 인권 어쩌고 하는 놈들을 동원해 실드를 치려고 하는 것이든가.

"그냥 무시해요. 그 새끼들, 솔직히 피해자 생각은 쥐뿔도 안 하잖습니까?"

"시달리는 건 네가 아니니까 그렇지."

"꼬우면 제 전화번호 넘겨주세요."

"아서라……."

그랬다가는 오광훈이 그걸로 자칭 인권 주의자, 타칭 관심 종자들을 탈탈 털어서 구속영장을 가지고 모조리 처넣으리라는 걸 알기에 검사장은 더는 대꾸도 하지 않고 고개만 흔들었다.

"그건 그렇다고 쳐. 왜 또 다른 검사 면상을 후려쳐?"

"저 검사 때린 적 없는데요."

"이 새끼가 증말? 공 검사 말이야! 공 검사!"

"아, 그 새끼요? 저 때린 적 없는데요?"

"진짜 때렸다는 소리가 아니잖아!"

공 검사는 이번 사건에 오광훈과 함께 투입된 검사다.

쉽게 말해서 또 다른 공안 검사라고 할 수 있다.

아무리 오광훈이 공안 검사로 같이 일해 달라고 부탁받았 곤 해도, 사건이 워낙 큰 데다가 이런 대형 사건의 경우는 나중에 위로 올라갈 때 도움이 되기에 주변에서 온갖 검사를 다 넣어 달라고 압력을 행사해서 들어온 게 바로 공 검사였다.

"그 새끼가 먼저 선을 넘었습니다만."

공 검사라는 인간은 분명 공안 검사로 나중에 투입된 검사였다. 그런데 어째서인지 중국의 스파이가 아니라 북한의 스파이라는 주장을 하면서 수사를 흐리기 시작했다.

"그럴 수도 있잖아! 다각도 수사 몰라?"

"그럼 저처럼 혼자 수사하든가요."

그 말에 검사장은 눈을 찡그렸다.

실제로 오광훈은 주변에서 수사를 막아도 혼자서 수사해서 사건을 해결하는 경우도 많았으니까.

"그런데 그 새끼는 그것도 아니잖아요."

북한 개입설?

그거야 정말 의심스러운 점이 있다면 수사해 볼 수도 있는 거다. 실제로 불가능한 건 아니니까.

실제로 첩보 업계에서 이간질을 이용한 작전은 제법 흔하게 이루어지기도 하고 말이다.

"그런데 왜 자기가 의심하는 단체와 엮으려고 해요?"

북한 개입설을 엮는 건 상관없지만, 그 공 검사라는 놈은 뜬금없이 개인적으로 의심하고 있던 사회단체와 엮어서 해당 사회단체를 족쳐야 한다고 설치기 시작했다는 게 문제였다.

그 단체에 대공 용의점(공산주의자로 의심받을 만한 점)이 없다

보니 일부러 이번 사건과 엮은 것이 노골적으로 보였다.

그리고 심지어 공 검사의 그런 행동에 다른 공안 검사들이 은근슬쩍 동조하는 것을 보고, 오광훈은 그런 그들의 '짬짜미'가 한두 해 문제가 아니라는 걸 알아차렸다.

"검사가 그러면 안 되죠."

해당 단체가 정치적으로 과격한 주장을 하는 단체인 것은 사실이지만 그렇다고 북한과 관련된 주장을 한 적은 없었다.

더군다나 정치적으로는 현 정부와 기조가 비슷한 부분도 있고, 심지어 많지는 않지만 현 정부에서 보조금을 받고 있으며, 현 정부의 여당인 민주수호당 계열이기도 했다.

"저는 바보가 아니거든요."

오광훈은 바보가 아니다.

생활이 힘들고 한때 잘못 배워서 다시 살아나기 전에는 깡패 노릇을 했지만, 정말로 바보였다면 아무리 다시 살아났다고 해도 검사 노릇은 못 했을 것이다.

오광훈은 직감적으로 그들이 해당 단체를 간첩 단체로 몰아서 공격한 뒤, 보조금 지급 문제로 현 정권과 엮어서 현 정권을 공격하려 한다는 걸 알아차렸다.

국정원 입장에서는 자신들을 조지려고 하는 현 정권을 어떻게 해서든 막아야 하니까.

당연히 공인 검사로서 권력을 나눠 갖는 다른 검사들은 그에 적극 협조하려고 했고 말이다.

오광훈은 그 사실을 노형진에게 전달했다.

그리고 노형진은 그걸 송정한에게 전달했고, 송정한은 그 걸 우리국민당의 이름으로 규탄했으며, 그 소식을 들은 민주 수호당은 길길이 날뛰었다.

그 결과, 이번 사건과 현 정권을 은밀하게 엮어 보려던 계 획이 실패하면서 공안과 국정원의 이미지만 더욱 안 좋아졌 고, 그로 인해 국정원을 분할하는 계획에 정부가 더욱 박차 를 가하는 원인이 되고야 말았다.

원래는 이렇게 급하게 실행하려던 계획이 아니었는데, 대 놓고 박기훈 대통령이 올해 안에 국정원을 찢어 버리겠다고 공언해 버린 것.

"그건 아니죠."

"아니, 이게…… 하아…… 씨팔. 그런 말이 아니잖아! 식 구끼리 그러지 말아야지."

"식구는 개뿔. 저는 그 새끼들이 저 조지려고 하는 거 다 알고 있거든요? 혹시 검사장님도 같은 의견?"

"아니, 넌 애새끼가 삐딱해서는……! 돌겠네. 꺼져, 이 새 끼야!"

"넷이, 넷이~."

"아오, 저 새끼를 증말."

오광훈은 검사장에게 피식 웃어 주고는 그곳에서 나와 자 신의 방으로 향했다.

자신에게 짜증이란 짜증은 있는 대로 내는 검사장이지만 오광훈은 그가 자신을 조지려고 하는 저쪽 파벌 소속이 아니라는 걸 알고 있다.

왜냐하면 지금 검사장이 그의 상사가 된 경위가, 오광훈과 노형진이 저쪽 파벌의 사람들을 있는 대로 조진 결과이기 때문이다.

정확히는 과거에 저쪽 파벌에서 오광훈을 조질 의도로 오광훈의 상사가 될 사람을 보냈는데, 그 사실을 안 노형진과 오광훈이 놈들의 인생을 죄다 조지다가 오광훈의 상사 자리를 거의 모든 검찰이 꺼리는 자리로 만들고 말았다.

그리고 중립적이라 가장 힘이 없었던 지금의 검사장이 그 자리에 좌천되다시피 해서 온 것이다.

게다가 그가 저렇게 화내는 이유도 매일같이 자신 때문에 상부에 쪼이기 때문임을 알기에 오광훈은 그가 마냥 밉지만은 않았다.

"흠, 그나저나 이 새끼들 진짜 인생을 조져 놨어야 했나? 아니면 그냥 형진이한테 검사 옷을 벗겨 달라고 할까?"

오광훈이 이참에 소위 공안 검사라는 놈들의 옷을 벗길까 고민하며 걸음을 옮기던 그때, 그의 핸드폰이 울리기 시작했다.

"네, 오광훈 검사입니다."

—아…… 저기, 퀵인데요.

"퀵?"

−네. 퀵 온 게 있는데 제가 들어갈 수가 없어서요.

"잠깐 기다려요. 내가 내려갈 테니."

오광훈이 내려가 보자 퀵 배달부가 작은 봉투를 들고 서 있었다. 그는 작은 봉투를 건네며 말했다.

"퀵비 후불인데요."

"끄응, 얼맙니까?"

"어…… 23만 원요."

"네? 아니, 지금 장난하나? 무슨 퀵비가 23만 원이에요? 검사 앞에서 사기 칩니까?"

"아…… 아닙니다. 진짜예요. 발송한 곳이 춘천이라고요."

"미친!"

어떤 미친놈이 춘천에서 서울까지 퀵을 보낸단 말인가?

"잠깐 주민번호 좀 확인합시다."

"저 잘못한 거 없는데요?"

"당신이 장난치는 건지 알아봐야 하니까. 진짜로 춘천에서 온 거면 당신 주소지도 춘천이겠지."

그러나 확인 결과 그 퀵 배달부의 주소지는 춘천이 맞았고, 오광훈은 짜증스러운 얼굴로 돈을 계좌 이체해 줄 수밖에 없었다.

거부하자니 종종 익명의 제보가 지금처럼 퀵으로 오기에 그럴 수도 없었던 것이다.

"니미 씨펄. 누가 장난친 거라면 어떻게 해서든 잡아 족치고 만다."

오광훈은 툴툴거리면서 봉투를 열었다.

그러나 그 안에는 아무것도 없었다.

"뭐야?"

오광훈은 어이가 없어서 봉투를 더 벌리고 안쪽을 확인했다.

그 순간 오광훈은 그 안에서 풍기는 강한 피 냄새에 흠칫했다.

"뭐지?"

물론 누군가가 피가 묻은 증거를 보내는 경우도 있다.

하지만 증거라면 경찰을 통해 전달되지, 절대로 퀵으로는 안 보낸다. 중간에 오염되거나 사라질 수도 있기 때문이다.

더군다나 아무리 봐도 피 냄새만 풍길 뿐 봉투 안은 텅 비어 있었다.

"도대체 왜⋯⋯."

그 순간 오광훈의 머릿속에 어떤 꺼림칙한 생각이 스쳤다.

오광훈은 사무실로 올라와서 가위로 봉투의 끝을 자르고 봉투를 완전히 펼쳤다.

그제야 그는 안에서 피 냄새가 난 이유를 알 수 있었다.

"철수?"

봉투의 안쪽에 손가락으로 대충 그어서 쓴 듯한 글자, '철수'.

"장난 같지는 않은데."

장난이라고 보기에는 너무 극단적이다. 피로 쓰인 이름이라니.

더군다나 보이지 않게끔 일부러 봉투 안쪽에 썼다.

만약 협박하려는 거였다면 오광훈의 이름을 피로 쓰지 철수라는, 교과서에나 나올 법한 이름을 쓰지는 않을 거다.

"철수라니, 이 무슨…… 잠깐, 철수? 내가 아는 철수는 한 명뿐인데."

꺼림칙한 기분이 든 오광훈은 혹시나 하는 마음에 핸드폰을 꺼내 유일하게 알고 있는 철수 요원의 핸드폰으로 전화했다.

─전화기가 꺼져 있어 '삐' 소리 후 소리샘으로…….

그러나 꺼져 있는 전화기.

그 소리를 들으며 오광훈은 다시 한번 철수라 쓰인 글자를 바라보았다.

⚖

"사라졌다고?"

"그래, 연락이 안 돼."

"국정원 요원이 뭐 전화 대기하는 사람은 아니잖아?"

오광훈의 말에 노형진은 어깨를 으쓱했다.

"그런데 그런 것 치고는 너무 이상하잖아. 누가 자기 이름을 피로 써서 보내냐고. 그리고 상황으로 봐서는 철수의 피 같은데."

"그건 그렇지만……."

노형진은 봉투를 바라보았다.

봉투 입구부터 묻어 있는 피.

그건 즉, 봉투 안에 이름을 쓸 때 손가락 자체가 피로 물들어 있었다는 소리다.

당연하게도 손가락의 주인은 피를 흘리고 있었을 가능성이 크고 말이다.

"그런데 왜 나한테 이딴 걸 보낸 건지 모르겠단 말이지."

"그러게."

오광훈이 국정원과 친하다?

절대 아니다. 오광훈은 국정원을 탐탁지 않게 생각한다.

국정원도 그가 좋아서 공안 검사로 선임한 게 아니라, 믿을 만한 사람이 없다 보니 어쩔 수 없었던 것에 가깝다.

'뭔가 꺼림칙하단 말이지.'

누군가 철수라는 이름으로 장난치는 거라고 생각하기는 어렵다. 요즘 누가 철수라는 이름을 쓴단 말인가?

"그거 잠깐 줘 봐."

"응? 아무것도 없는데."

"일단 줘 봐."

노형진은 오광훈이 건네주는 봉투를 붙잡고는 조용히 정신을 집중했다.

이걸 쓴 게 진짜 철수 요원이라면 기억이 있을 거라 생각했기 때문이다.

그리고 다음 순간 노형진의 머릿속에 떠오른 모습은 생각도 못 한 상황이었다.

탕탕!

"저쪽이다! 잡아라."

"막아!"

누군가에게 쫓기는 게 분명해 보이는 상황.

그리고 뒤에서 들리는 총소리.

봉투를 가지고 있던 사람은 총소리를 피해 달리다가 어딘가 공원에 있는 벤치를 발견하고는 봉투를 다급하게 집어 던지며 기억이 끊어졌다.

그리고 바로 다음 기억으로 이어졌는데, 그건 다름 아닌 헬멧을 쓴 사람이 나타나 그 아래에서 봉투를 꺼내는 모습이었다.

'이건 무시할 수가 없겠는데?'

상황은 모르지만 철수 요원은 누군가에게 쫓기는 듯했다. 그리고 그 상황은 생각보다 심각해 보였다.

왜냐하면 총소리가 들렸으니까.

기억을 읽는다는 특성상 전부가 아닌 일부만을 읽어 낼 수 있지만, 최소한 한국에서 총을 쏜다는 것은 절대로 만만한 상황이 아니라는 의미였다.

더군다나 철수 요원은 벤치 아래로 봉투를 던졌다.

벤치가 있다는 것은 그곳이 어디든 간에 사람들의 왕래가 잦은 곳이라는 거다.

물론 밤이라서 그나마 왕래가 없을 거라고 볼 수도 있겠지만, 그런 곳은 사람들이 사는 장소와 가까운 곳이 대부분이다.

그런데 추적자는 그걸 신경 쓰지 않고 총기를 사용했다.

총기에 대해 기겁하는 대한민국의 특성을 생각하면 그들의 극단적인 행동은 절대로 무시할 만한 일이 아니다.

"철수 요원이 어디에 있는지는 모르겠지만 그래도 살아는 있나 보네."

"어떻게 알아?"

"그냥. 살아 있으니까 이걸 보냈겠지?"

"그건 그런데……."

물론 반은 맞고 반은 틀리다. 살아서 건네준 게 아니니까.

하지만 최소한 벤치 아래로 던져진 걸 퀵 배달부가 가지고 왔다는 것은, 살아 있으니까 배달 요청을 했다는 뜻일 거다.

만일 추적자가 그 사실을 알아챘다면 먼저 수거해 갔을 테니까.

'도대체 왜?'

노형진은 이해가 가지 않았다.

철수 요원은 국정원 소속이고, 국정원은 최소한 한국에서는 강력한 힘을 가진 집단이다. 신분증을 내미는 것만으로 어지간한 조직에 쫓길 일은 없다.

'권총이란 말이지.'

상대방이 쏜 총은 역시 권총으로 보인다.

그런데 여기서 문제가 생긴다. 한국에서 권총을 쏘는 집단은 한정되어 있다는 것.

군대와 경찰. 그리고 검찰도 비상시에 사용이 가능하다.

'하지만 군대는 아니야.'

추적한 놈들의 모습이 보인 건 아니지만, 군대였다면 권총보다는 소총을 쓸 거다.

그리고 군대가 한국에서 발포할 정도면 뉴스에 나올 비상사태가 터졌어야 한다.

'그런 의미에서 경찰이나 검찰도 마찬가지고.'

사람들이 다니는 공원에서 사격이 이루어졌다.

물론 시간이 늦으면 사람이 거의 다니지 않는 그런 곳도 있기야 하겠지만, 그래도 주변에 총소리가 울리면 누군가는 신고할 가능성이 크다.

한국의 특성상 공원 주변에는 아파트가 있는 경우가 많으니까.

설사 아니라고 해도 늦은 밤에 산책하는 사람도 많고 말이다.

경찰이 그런 걸 은닉할 수는 없다.

게다가 경찰은 발포에 극도의 제한을 둔다.

오죽하면 경찰들끼리 하는 말 중에 '총은 쏘라고 있는 게 아니라 던져서 맞히라고 있는 거다.'라는 말이 있을 정도다.

'그러니까 경찰은 패스.'

남은 건 검찰이다.

검찰이라면 어떻게 덮을 수 있는 힘이 있으니까.

'하지만 검사들은 총기를 소지하지 않아.'

비상시에 총기가 지급되기는 하지만 검사들은 평상시에는 총기를 소지하지 않는다.

그런데 다른 사람도 아닌 국정원 요원을 추적하기 위해 총기를 불출한다?

'그렇게 보기는 힘들어.'

거기다가 가장 꺼림칙한 건 아직도 남아 있었다.

그건 다름 아닌 총기 발포음이었다.

물론 노형진이 기억 속의 총기 발포음만 듣고 그게 어떤 총인지 알 수는 없다. 총기 전문가가 아니니까.

'하지만 상대방은 빠르게 사격했어. 그것도 최소한 7발 이상.'

죄다 빗나갔지만 말이다.

문제는 현재 대한민국에서 경찰이나 검찰에 제공되는 총기는 죄다 리볼버 형식으로 총 6발 장전이라는 거다.

거기다 첫 번째 공간은 비워 두고 두 번째, 세 번째는 공포탄을 채워 넣어야 한다.

6발 장전용이라지만 실질적으로 실탄은 3발.

즉, 총성은 5발 이상 날 수가 없다는 뜻이다.

설사 추격자가 다수여서 그 이상 발포음이 날 수 있다 해도, 공포탄과 실탄의 총성은 전혀 다르다.

따로 들으면 헷갈릴 수도 있겠지만 한꺼번에 듣는다면 구분 가능하다.

그런데 노형진의 기억 속의 총성은 모조리 같았다.

그건 발사된 총알이 모두 실탄이라는 소리였다.

더 큰 문제는, 노형진이 읽어 내기 이전의 기억에서도 이미 총격전이 벌어졌을 수 있다는 거다. 그리고 리볼버는 그정도의 장탄 수를 가지고 있지 않다.

'문제는 그게 가능한 건 리볼버가 아니라는 거지.'

탄창식 자동 권총이 아니면 그런 식의 사격은 불가능하다.

그리고 현재 대한민국에서 탄창식의 자동 권총을 쓰는 집단은 단 두 곳뿐이다.

한 곳은 군대, 다른 한 곳은 국정원.

이미 군대는 후보에서 제외되었으니 남은 건 국정원뿐.

'국정원에서 국정원 요원인 철수 요원을 추적한다고?'

그건 확실하게 뭔가가 잘못된 거다.

'그러면 가능성은 두 가지.'

첫 번째, 국정원 요원인 철수 요원이 변절했다.

하지만 그럴 가능성은 높지 않다.

국정원 요원이 죄다 잡혀 들어가는 판국에도 꿋꿋하게 자리를 지키던 철수 요원이 갑자기 변절해서 아군에게 총질을 했다고 보기는 힘드니까.

'두 번째는……'

철수 요원이 뭔가 알아서는 안 되는 것을 안 경우다.

실제로 영화에서 자주 사용되는 주제이기도 하고, 현재 국정원의 꼴을 보면 무시할 수가 없는 가능성이기도 하다.

대놓고 북한 간첩을 도와서 한국에 마약을 뿌리던 놈들이니 그 잔당이 숨기던 뭔가를 철수 요원이 알게 된 것일 수도 있다.

더군다나 국정원은 자신들과 정치적 사상이 다르다는 이유로 동료 요원들을 살해하거나 고문하기도 했던 놈들이다.

"이거 일이 겁나 복잡해질 것 같다."

노형진은 눈을 찡그렸다.

⚖️

철수 요원은 국정원에서 노형진과 오광훈에게 접촉한, 거의 유일하게 우호적인 입장을 유지하던 사람이다.

또한 철저하게 중립적인 태도를 취하던 사람이기도 하다.

"후우~."

오광훈은 수건을 뒤집어쓰고는 긴 호흡을 내쉬며 말했다.

"덥다. 나가서 말하면 안 될까?"

"혹시 모르니까."

"아니, 왜 하필이면 사우나야? 영화 찍냐?"

"사우나는 습도가 높아서 도청 장비가 금방 고장 나거든. 목욕탕이라는 특성상 몸에 도청 장비를 붙이고 들어오는 것도 불가능하고."

"에이, 설마. 그렇게까지 할 리가."

"글쎄. 내 예상대로라면 절대 무시하면 안 돼. 어쩌면 너도 감시 대상일지도 몰라."

"예상이라니?"

"국정원 내부에서 뭔가 일이 터졌고, 철수 요원은 그걸 막고 싶어 한다는 거지."

그런데 그걸 막기 위해서는 철저하게 중립적이고 믿을 만한 사람이 필요하다.

문제는 그럴 사람이 거의 없다는 것.

현실적으로 현재의 국정원은 국가기관이 아니라 하나의 권력 단체로 운영되고 있으니까.

"언론에 터트리면 되잖아."

"증거가 없다면 어쩔 건데?"

"응?"

"국정원은 그렇게 만만한 조직이 아니야."

위험한 이야기를 하면서 그걸 서류로 남기지는 않을 거다. 그렇다면 의심은 가지만 그와 관련된 증거는 전무할 테니

언론에 터트릴 수는 없다.

"거기다 그게 위험하다면 더더욱 그렇지."

"확실해?"

"아마도."

아무리 사람이 없는 곳이라지만 총격전이 벌어졌다.

그런데 경찰에서 수사를 하지 않는다는 건, 총격전과 연관된 조직이 경찰의 수사를 막을 정도의 힘이 있는 곳이라는 뜻이다.

그리고 현재 그럴 만한 조직은 오로지 국정원뿐이다.

'그리고 경찰이나 다른 조직은 보통 국정원의 요청을 받아들여 주니까.'

모든 것은 서류로 움직이고 증거와 흔적을 남기는 게 행정의 방식이다.

하지만 국정원이라는 이름은 그런 절차 없이도 모든 일이 이루어지게 한다.

'국정원입니다. 사건의 무마 부탁드립니다.'라는 말 한마디에 경찰은 대부분 사건을 덮는다.

진짜 국정원인지 아니면 가짜 국정원인지는 중요하지 않다.

국가 보안이라는 이름으로 퉁쳐 버리면 뭐든 다 덮어야 한다고 실제로 생각하니까.

"그런데 그게 뭘까?"

"글쎄, 모르지. 중요한 건 철수 요원의 상황이 안 좋다는 거야."

"그러니까 도대체 왜?"

오광훈이 말을 하려고 하는 그때, 사우나의 문이 열리면서 한 남자가 들어왔다.

그 모습을 본 오광훈은 저도 모르게 혀를 내둘렀다.

"아따, 실허네."

남자 목욕탕의 사우나는 아무것도 걸치지 않고 다닌다. 당연히 남자의 거기가 자연스럽게 보일 수밖에 없다.

영화에서야 아무래도 진짜로 그럴 수는 없으니 수건으로 덮어 주지만 말이다.

물론 대부분의 경우 사람들은 남의 거기에 관심을 가질 이유가 없다.

하지만 아주 특수한 경우 그곳에 시선이 가기도 한다.

"패배감이 든다."

오광훈의 실없는 소리에 노형진도 자신도 모르게 시선을 돌렸다가 움찔했다.

"크흠……."

"그래서, 아까……."

"쉿."

그런데 노형진은 그 남자의 모습을 보다가 뭔가 이상하다는 생각이 들었다.

그는 오광훈에게 말했다.

"나가자."

"응?"

"나가자고."

"그래."

노형진은 오광훈을 데리고 밖으로 나왔다. 그리고 좀 떨어진 곳에서 입구를 바라보았다.

"왜? 다른 사람이 있어서?"

"그것도 있지만, 다른 게 좀 의심스러워서 그래."

"다른 거?"

"일단은 잠깐만 기다려 봐."

잠시 후 사우나 문이 열리면서 거대한 거시기를 가진 남자가 어슬렁어슬렁 나왔다.

몇몇 사람들은 그 믿을 수 없는 크기에 놀라서 그쪽을 힐끔거리기도 했다.

"와, 저거 뭐냐, 진짜?"

오광훈은 다시 보고도 질렸다는 얼굴이었다.

그사이 노형진은 남자에게 다가갔다. 그리고 그 남자의 어깨에 손을 올렸다.

"저기요."

"네?"

남자는 천연덕스럽게 노형진을 쳐다보았다.

초면인을 마주하는, 지극히 평범한 인상의 남자.

그러나 이미 기억을 읽고 있는 노형진을 속일 수는 없었다.

'참 대단하다고 해야 하나?'

노형진은 혀를 내두르면서 질렸다는 표정을 지었다.

"도망 못 갑니다."

"뭔 소리예요? 도망 못 간다니…….'

노형진은 대답하지 않았다.

그 대신 갑자기 손을 뻗어서 남자의 거시기를 꽉 쥐었다.

"억!"

짧은 비명을 내지른 남자는 당황한 얼굴로 노형진을 쳐다
보았다.

"아니, 당신 지금 뭐 하는 거야!"

남자가 다른 남자의 거시기를 목욕탕에서 갑자기 꽉 쥔다?

그건 진짜로 처맞아도 이상할 게 없는 짓이다.

하지만 다음 순간 처맞을 대상은 노형진이 아닌 그 남자로
바뀌었다.

노형진이 당긴 남자의 거시기에서 초소형 카메라로 보이
는 장비와 초소형 녹음기, 심지어 건전지까지 후드득 떨어졌
기 때문이다.

"헉!"

순간 남자의 눈이 커졌고, 목욕탕 안의 모든 사람은 얼어
붙었다. 그리고 다음 순간 일제히 몰려들었다.

"몰카범이다!"

"미친! 이제는 몰카를 거시기에 숨겨?"

물건들이 떨어져 나간 자리에는 아까와는 비교할 수 없을 정도로 작은 거시기가 있었고, 그 주변에는 여전히 전선으로 보이는 게 칭칭 감겨 있었다.

"이런 씨팔!"

그는 당연히 도망가려고 몸부림치기 시작했다.

재빨리 노형진을 메어치려고 했지만, 노형진은 이미 그에게서 물러난 상태였다.

그리고 그런 그에게 다른 사람들이 달려들었다.

"잡아!"

"몰카범 잡아!"

"경찰 불러!"

남자는 용케도 사람들 사이로 피하면서 입구로 내달렸다. 확실히 훈련받은 모습이었다.

하지만 그런 도주극은 오광훈이 끼어들면서 상황이 달라졌다.

뻐억!

"커억!"

오광훈이 커다란 대야를 정확하게 다리 쪽으로 날리자 그 순간 남자가 다리가 엉키면서 쓰러졌고, 그에 놓칠세라 남자 위로 오광훈을 비롯한 목욕탕 안의 거의 모든 남자들이 덮쳐들었기 때문이다.

"으아악!"

"잡아! 이 새끼 잡아!"

"경찰 불러, 어서!"

난장판이 벌어졌고 목욕탕은 개판이 되어 버렸다.

"거기서 왜 뜬금없는 몰카범?"

연행되어 가는 범죄자를 보면서 오광훈은 혀를 내둘렀다.

"어떻게 안 거야?"

"거시기가 너무 크더라고."

"하지만 종종 그런 사람들이 있잖아."

평균이라는 게 있다면 당연히 그 평균 이상인 사람이 있는 법이다.

"단순히 그런 문제가 아니라 피부색이 좀 달라."

"다르다니?"

"저거, 영화 업계에서 많이 쓰는 기술 중 하나야."

"영화?"

"포르노 업계 말이야."

노형진은 심각한 얼굴로 말했다.

"포르노 업계 사람들은 거시기에 종종 저런 식의 장비를 붙여."

"붙인다고?"

"그래. 아, 물론 저런 카메라 기능 같은 건 없겠지."

실제로 포르노 업계 사람들 모두가 저런 거대한 사이즈를 가진 건 아니다.

그런 사람이 없는 건 아니지만, 그들이 다 포르노를 찍으려고 하는 건 아니니까.

"그게 저렇게 감쪽같다고?"

"가능하지."

현장에서 봤을 때 크다는 것 말고는 위화감을 느끼지 못할 정도였기에 오광훈은 깜짝 놀랐다.

"포르노에서는 카메라로 바짝 붙이는 클로즈업을 종종 하지만 모를 정도잖아."

"미친! 아니, 그러면서까지 몰카 짓을 한다고?"

"몰카 짓을 한 게 아니야. 우리를 노린 거지."

"뭐?"

"내가 말했잖아, 사우나는 구조적으로 뭔가를 설치하거나 하는 게 불가능하다고."

그건 생각보다 널리 알려진 사실이다.

그래서 영화에서 중요한 이야기를 할 때 그곳에서 이야기하는 거고 말이다.

그것도 나름의 고증을 거친 결과물이랄까?

"그런데 그런 장면이 수십 년 전부터 이용되었어. 그러면 국정원 같은 곳에서 해결책을 찾으려고 하지 않겠어?"

당연히 해결할 방법을 찾으려고 할 거다.

"너도 알잖아? 대중에게 공개되는 수사 기법은 모두 구닥다리야."

드라마에서 나오는 과학수사 기법은 기본적으로 구조는 똑같다. 하지만 한편으로는 구닥다리 기법이기도 하다.

왜냐하면 현대 기술을 모두 공개하면 그걸 감안해서 범죄를 저지르기 때문이다.

가령 드라마에서는 유전자 증거가 부족해서 검사를 못하는 장면이 나오기도 하는데, 지금은 유전자 증폭 기술이 있기 때문에 그런 일은 거의 없다고 봐도 무방하다.

수사를 넘어서 코델09바이러스 검사가 그런 식으로 이루어진다.

"그래서 우리를 감시하기 위해 저놈을 보낸 거라고?"

"그럴 가능성이 높지. 일반인이 저런 장비를 가지고 있을 이유가 없잖아."

가짜 거시기를 만드는 장비는 전문적인 기술이 필요한 영역이고 그에 맞는 재료도 따로 구입해야 한다.

한국은 포르노가 불법이고, 당연히 그런 걸 만들 장비도 필요 없다. 그런데 왜 저런 걸 만들겠는가?

노형진의 설명을 들으면서 오광훈은 얼굴이 굳어졌다.

그게 가능한 조직.

저런 장비를 가지고 있을 조직.

그리고 저런 장비를 이용해서라도 자신을 감시해야 하는 조직.

그럴 만한 곳은 하나뿐이니까.

"국정원?"

"철수 요원이 우리한테 뭔가를 보낸 게 걸렸을 수도 있지."

아니면 닥치는 대로 감시하는 걸 수도 있고.

어느 쪽이든 자신들은 국정원의 감시 대상이 되었다고 봐도 무방하다.

"이거 어쩌지?"

"어쩌긴. 이렇게 되면 우리가 싸우는 수밖에 없어."

"싸우자고?"

"싸우지 않으면 어쩔 건데? 국정원이 얼마나 지독하고 집요한 조직인지 몰라?"

무죄로 인정되면 그냥 놔준다?

애석하게도 국정원은 그런 조직이 아니다.

의심스러우면 죄를 만들어서라도 집어넣는 조직이 국정원이다. 실제로 최근에도 그래 왔고 말이다.

마지막으로 증거를 조작해서 가짜 간첩을 만들려고 한 게 바로 얼마 전이다.

오광훈이 막지 않았다면 실제로 그런 일이 벌어졌을 거다.

"할아버지가 광주민주화운동을 했다는 이유로 손자까지

조사하면서 평생을 감시하는 게 국정원이야."

광주민주화운동은 이미 역사적으로 북한과 상관없이 한국에서 벌어진 민주화운동이라고 인정받은 지 수십 년이 지났다. 그런데 과연 그와 관련해서 불이익이 없을까?

애석하게도 존재한다.

광주민주화운동과 관련된 사람은 과거에는 육사에 지원할 수도 없었다.

할아버지가 광주 출신이라는 이유 하나만으로 육사에서 떨어지는 경우도 많았다.

지금은 그 정도는 아니지만 일부 단체, 특히 최상위 권력집단에 들어갈 때 국정원에서 뒤를 캐서 조금이라도 흠결이 의심되면 무조건 탈락시킨다.

예를 들어 장군으로 승진시킬 때 할아버지가 광주민주화운동 유공자다? 그러면 정권에 따라서는 단순히 그 이유만으로 장군에서 떨어지기도 한다.

그가 아무리 능력이 있고 뛰어난 장군이라고 해도 상관없다. 특정 정권에서는 그런 사람을 원하지 않으니까.

그리고 그걸 감시하고 관리하는 곳이 바로 국정원이다.

"내가 말했지, 국정원에서는 정보를 관리하는 방식으로 권력을 유지한다고."

"끄응."

그런 놈들이 과연 노형진과 오광훈을 그냥 둘까?

그럴 리가 없다.

끊임없이 감시하면서 어떻게 해서든 몰락시키거나, 하다 못해 자신들에게 위협이 되지 못하게 경계할 것이다.

"그러면 어쩌지? 이번 사건의 배후에는 국정원이라고 터 트려?"

"그게 가능하겠어?"

당연히 국정원은 모른 척할 거다.

"그러니까 역으로 이용해야지."

"역으로?"

"저들이 모른 척하니까 이걸 키우는 거야."

"뭐?"

"이런 일이 처음이잖아. 언론에 흘려서 일을 키우는 거지. 정보 조직이 가장 두려워하는 게 그거야. 일이 커지는 것."

그리고 노형진은 그걸 이용해서 자신들을 지킬 생각이었다.

이것이 법이다

역대급 성범죄자

　노형진의 계획에 따라 오광훈은 그날 체포된 성범죄자를 족치기로 했다.

　물론 상대방은 예상대로 행동했다.

　"나는 아무것도 몰라요."

　"모른다고 해결될 일이 아니라니까요, 아저씨!"

　딱 잡아떼는 범죄자와 어이가 없어서 몰아붙이는 경찰.

　"아니, 난 모른다니까요. 아무것도 안 했어요!"

　"아니, 아저씨. 가짜 거시기를 달고 거기에 초소형 카메라에 녹음기까지 숨겨서 목욕탕에 들어갔는데 아무것도 모른다는 게 말이 됩니까?"

　경찰은 기가 막혀서 그렇게 말하면서도 옆에 있는 남자를 돌아보았다.

'아, 미치겠네, 씨팔.'

마음 같아서는 소새끼 개새끼 하고 싶은데 옆에서 눈을 부라리고 있는 변호사 때문에 그럴 수가 없었다.

"아직도 조사 진행이 안 됩니까?"

바로 그때, 오광훈이 현장에 등장했다.

"아, 오 검사님."

"지금 뭐 하는 거예요?"

"아니, 자기는 아무것도 안 했다고 주장하고 있어서요."

"뭔 개소리예요?"

자기 성기에 이상한 걸 붙이고 온 놈이 도촬에 대해 모른다는 게 말이 된단 말인가?

"그게……."

힐끔 옆에 있는 변호사를 보는 형사.

그 시선을 느낀 듯 변호사는 단호하게 말했다.

"오 검사님, 당신이 피해자인 건 알겠지만 사건에 개입하는 건 압력을 행사하는 겁니다."

딱 잘라서 말하는 변호사를 보고 오광훈은 고개를 끄덕거려 주었다.

"오해는 하지 마시고. 나는 사건에 압력 같은 걸 행사하러 온 게 아니니까."

"그런데 왜 여기까지 옵니까? 피해자면 피해자답게 조용히 있어요."

오광훈은 그 말에 기가 막혔다.

'어이가 없네. 뭐, 꼴 보니까 알겠다.'

'피해자다움'. 종종 검찰이나 경찰에서 나오는 용어다.

정확하게 말하면 이 피해자다움이라는 건 두 가지 의미가
있다.

첫 번째, 피해자가 피해자로서 행동하지 않았던 걸로 봐서
죄가 의심된다는 의미.

예를 들어 성범죄를 당했다는 자칭 피해자가 사건 이후에 가
해자에게 하트 이모티콘을 보낸다거나 다음 데이트 약속을 잡
자고 한다거나 하는 행위는 피해자로 보이지 않는다는 거다.

그런데 법원이 아니라 경찰이나 검찰에서 쓰이는 '피해자
다움'은 그 의미가 좀 다르다.

'이건 이제 우리 소관이니까 입 닥치고 있어.'라는 의미이
기 때문이다.

한국에서 형사고발을 한 후에는 피해자는 아무것도 못 하
니까.

그러니까 지금 저 변호사는 그걸 주장하고 있는 거다.

'뭐, 이해는 하지.'

공안 검사가 있는데 공안 변호사라고 없겠는가?

물론 공안 변호사라는 개념은 그다지 통용되지 않는다.

변호사라는 건 기본적으로 의뢰인을 보호하는 직업이지

공격하는 직업이 아니니까.

하지만 그렇다고 공안 변호사가 존재하지 않는다는 뜻은 아닌데, 보통은 이런 사건에서 정부나 가해자를 보호하는 역할을 한다.

'그리고 보통은 공안 검사로 재직하다가 사고 쳐서 잘린 놈들이 한다던가?'

노형진은 그렇게 말하면서 조심하라고 했다.

보통 공안 검사는 거의 신성불가침 영역에 있는 놈들이기 때문이다.

그렇잖아도 검사는 절대 기소하거나 자르지 않는데, 하물며 공안 검사는 더더욱 보호 대상이다.

그런데 그런 놈이 사고 쳐서 잘릴 상황이라면 부패가 극에 달한 놈일 수밖에 없다.

대놓고 간첩 사건을 만들려고 했던 공 검사조차도 수사에서 빠졌을지언정 해직되지는 않았기에, 오광훈도 그 부분은 이해가 갔다.

즉, 저 변호사는 부패했으며 동시에 국정원의 보호를 받는 존재라는 소리였다.

'뭐, 상관없지.'

오광훈은 그와 싸우러 온 게 아니었다.

보통 일방적으로 패는 걸 폭행한나고 표현하지, 싸운다고 하지는 않는다. 그리고 오광훈은 그를 일방적으로 두들겨 패러 왔다.

"아, 제가 수사에 관여하려는 건 아니고요. 확인 겸 경고 때문에요."

"경고? 지금 위협하는 겁니까?"

"네? 아니요, 아닙니다. 거기 가해자분, 이름이?"

"말하기 싫은데요."

남자는 눈을 찡그리며 말했다.

당연하다. 어차피 조금 있으면 사건이 무마될 텐데 굳이 자신을 공개할 필요는 없으니까.

그리고 그걸 오광훈도 예상하고 있었다. 그랬기에 자기 할 말만 했다.

"혹시 국정원이랑 관련되어 있습니까?"

"네? 국정원요?"

"네."

"아니요. 전혀 아닌데요."

당연히 국정원이라고 주장할 수는 없다. 그러면 이만저만 창피가 아니니까.

그런데 그다음 순간 그는 경악할 수밖에 없었다.

그뿐만 아니라 변호사조차도 경악을 금치 못했다.

"그렇죠?"

"네, 저는 그냥 직장인인데요."

"아니, 방금 자칭 국정원이라는 데에서 사건을 덮을 테니까 입 닥치고 있으라고 전화가 왔거든요.”

‘어떤 미친놈이?’

‘뭐라고? 아니, 지금 뭔 개소리야? 거기 미친 거 아냐?’

남자와 변호사는 경악을 금치 못했다.

그럴 수밖에 없는 게, 애초에 국정원에서 오광훈에게 전화하면 안 되기 때문이다.

오광훈은 과거에 사칭 전화로 죄를 덮으려고 했던 놈들을 직접 수사해서 체포하려 한 경력이 있던 검사인 데다, 애초에 정말 어지간한 권력을 가진 사람이 아니고서야 그런 짓을 하면 도리어 일이 커진다.

그 사실을 국정원이 모를 리가 없다.

설사 전화할 생각이었다 해도 오광훈이 아니라 경찰이나 검찰로 직접 했어야 했다.

“그런데 그런 전화를 받은 사람이 저뿐만이 아니거든요.”

“네?”

“지금 피해자 단톡방에서 그런 전화가 온다고 성화입니다.”

변호사인 노형진은 일이 터지자마자 바로 피해자들을 모았다.

그 목욕탕이 제법 큰 곳이다 보니 피해자만 마흔 명이 넘었던 터라, 그들을 모아서 단톡방을 개설해 바로 소송 준비를 한 것이다.

노형진도 피해자고 또 유명한 새론의 변호사이기에, 피해자들은 한 사람도 빠짐없이 동참했다.

어차피 같은 피해자로서 돈도 안 받고 같이 소송해 준다는데 거절할 이유가 없으니까.

물론 이는 노형진이 그들의 전화번호를 확보하기 위한 하나의 수단이었다.

국정원이 미치지 않고서야 피해자에게 전화하지는 않았을 거다.

즉, 그 전화를 건 사람은 진짜 국정원이 아니라 노형진의 사람이었다.

하지만 진실을 모르는 피해 당사자들 입장에서는 말도 안 되는 개소리였기에, 그걸 자기들끼리 떠드는 건 당연한 일.

그런데 피해자가 한둘이 아니니 자연스럽게 '국정원을 사칭하는 놈이 전화해서 사건을 덮으려고 한다.'라는 이미지가 그려질 수밖에 없었다.

"진짜로 국정원이랑 관련 있는 겁니까?"

"그럴 리가 없지 않습니까! 의뢰인은 평범한 회사원일 뿐입니다."

다급하게 말을 끊는 변호사.

그런 변호사의 행동에 오광훈은 고개를 끄덕거렸다.

"역시 그렇지요? 거기 형사님도 들으셨죠? 국정원이랑 아무런 관련 없답니다. 혹시나 그런 이야기가 나와도 무시하세요. 아니면 추적하든가."

"아, 하긴 그러고 보니 그런 사칭 전화 범죄가 한번 크게 터졌죠?"

"제가 그걸 해결했었죠."

오광훈의 말에 경찰은 고개를 끄덕거렸다.

하지만 그 모습을 본 변호사는 미칠 것 같았다.

'아니, 어떤 미친 새끼야?'

이런 걸 공문으로 '사건을 덮으세요.'라고 지시할 수는 없다. 당연히 누군가 직접 찾아오거나 전화해서 덮으라고 하는데, 이미 사칭으로 못 박아 버린 상황.

더군다나 이걸 피해자들이 이미 알고 있는 상황이라면, 당연히 사건이 덮이면 국정원을 의심할 수밖에 없게 된다.

결국 사건을 덮기 위해서는 정식으로 공문을 보내야 하는데 그게 될 리가 없지 않은가?

물론 직접 찾아와서 말을 전할 수는 있다.

그런 거라면 신분증을 확인하니 사칭이 아니구나 하고 덮을 수도 있다.

그러나 그는 몰랐다. 이 피해자들 중에 검사와 변호사가, 그것도 노형진이 있다는 것이 무슨 의미인지 말이다.

"그리고 나, 이거 전자 발찌 요청할 테니까 그렇게 아시고요."

"전자 발찌요?"

"성범죄잖아요. 더군다나 가짜 거시기까지 만들이 달면서 몰래 촬영하던 놈입니다. 재범의 우려가 너무 심해요."

"그건……."

실제로 그렇다.

이번에야 노형진이 운이 좋아서 발견한 거라고 넘어간다고 해도, 그 가짜 거시기를 달고 다른 남자 목욕탕에 들어가지 말라는 법은 없으니까.

"전자 발찌?"

그 말에 변호사는 정신이 아득해지기 시작했다.

⚖

"전자 발찌를 왜 신청하라는 거야?"

경찰서에서 나온 오광훈은 노형진에게 물었다.

"간단해. 그놈을 고립시키기 위해서야."

"고립?"

"그래. 그놈은 국정원 요원이겠지?"

"그렇겠지."

"그러면 출근은 어디로 할까?"

"어? 아하!"

당연히 국정원으로 해야 한다.

물론 블랙 요원일 거다.

그렇다고 해서 매일 놀다가 작전에 투입되지는 않을 거다.

당연하게도 국정원 입장에서는 그가 나오지 못하게 해야

한다.

"단순히 국정원 요원으로 오지 못하게 하는 수준을 넘지."

블랙 요원은 당연히 모든 것을 비밀리에 해야 하고 은밀하게 행동해야 한다.

그런데 전자 발찌는 24시간 성범죄자를 감시하고, 심지어 정해진 반경 밖으로 나가지도 못한다.

다른 곳으로 가기 위해서는 경찰에 해당 사실을 통지하고 언제 어디로 가는지까지 고지해야 한다.

"그러면 국정원 요원으로서의 가치는 완전히 사라지는 거지."

돈을 받아 챙기는 것? 손해배상을 하는 것?

당연히 가능하겠지만, 그런 경우 국정원에서 대신 내주고 사건을 무마하는 쪽으로 가 버릴 거다.

"하지만 전자 발찌는 이야기가 전혀 다르지."

전자 발찌의 경우는 덮을 수가 없다.

"그리고 법적으로 정당성도 인정받고."

"하긴, 그건 그렇지."

전자 발찌는 벗을 수 없다.

그리고 이 사건은 범인이 가짜 성기를 달고 그 안에 카메라와 녹음기까지 넣어서 목욕탕에 들어간 것이다.

"그런데 전자 발찌를 찬 대부분의 사람들은 목욕탕을 못 가거든."

물론 전자 발찌도 방수는 된다.

하지만 방수와 별개로 자신이 성범죄자라는 걸 자랑하는 꼴이니까 창피해서라도 못 간다.

"범죄의 특성을 생각하면 상당한 예방 효과가 있단 말이지."

"호오~."

오광훈은 그 말에 흡족한 미소를 지었다.

그런 식으로 신청하게 된다면 재판부도 거부는 못 할 테니까.

"하지만 국정원에서 그걸 그냥 두고 볼까? 솔직히 전화는 막았지만 은밀하게 사람을 보내서 의견을 전달하는 건 전혀 다른 문제잖아."

"그건 그렇지. 그러면 내가 나서야지."

"네가?"

"나도 피해자라고. 그리고 피해자로서 한마디 하는 게 어려운 일은 아니니까."

물론 노형진의 한마디는 대한민국을 쥐고 흔들 한마디이기는 하지만.

⚖️

노형진의 말대로 성범죄자 등록과 전자 발찌를 요청한 오광훈.

하지만 재판부는 예상대로 움직였다.

"이건 곤란한데."

"아직 재판 중이지 않습니까?"

전자 발찌와 처벌은 나오려면 멀었다.

그런데 재판부는 예상대로 사전에 어떤 언질을 받은 건지 오광훈에게 곤란하다는 식으로 표현했다.

"물론 그건 그렇지. 하지만 고작 이걸로 그러는 건 좀……."

"곤란하다니요? 만일 여탕에 누가 몰카를 설치했다면 어쩌시려고요?"

"그거랑 그게 같나?"

"다를 게 뭐가 있습니까? 사실 이 정도면 엄청 강력 범죄라고요."

"그래도 촬영본도 없는데 전자 발찌는 좀 그렇지."

판사는 이미 결론을 정한 듯 그렇게 말했다.

'역시 예상대로인가?'

적당히 벌금 정도로 끝낼 거고 그 벌금은 국정원에서 내줄 거다. 그리고 사람들의 관심이 어느 정도 줄어들면 조용히 그 범죄 기록을 삭제할 거다.

그게 노형진이 예상한 부분이었다.

"이건 재범을 막기 위해서라도 해야 합니다. 가짜 성기를 달고 목욕탕에 들어왔다니까요."

"살다 보면 실수할 수도 있는 거 아니겠나?"

"실수로 가짜 성기를 만든다고요? 한국에 장비도 없다던데요."

"호기심이라는 게 있으니까."

애써 사건을 덮으려고 하는 판사를 보며 오광훈은 고개를 끄덕거렸다.

"뭐, 그러면 알겠습니다."

"그럼 전자 발찌는 포기하는 거지?"

"아니, 저는 포기 못 합니다."

"허, 자네 왜 그러나? 굳이 선량한 사람의 인생을 망쳐야 겠어?"

"성범죄자 인생 망가지는 거야 내 알 바 아니죠. 정 찜찜하시다면 그것만 기각하세요."

오광훈은 어깨를 으쓱하며 말했다.

"저는 무조건 신청할 테니까요."

"거, 사람 고집 하고는."

하지만 판사는 길게 말하지 않았다.

오광훈의 말대로 자신은 그냥 전자 발찌 건만 기각하면 되는 일이었으니까.

하지만 그는 몰랐다. 피해자 명단에 노형진이라는 이름이 있다는 게 무슨 의미인지 말이다.

"예상에서 어디 한 치를 못 벗어나네."

노형진은 오광훈에게 상황을 전해 듣고는 눈을 찡그렸다.

이해는 간다. 국정원에서는 사건을 어떻게 해서든 덮어야 하니까.

만일 전자 발찌가 인정되면 요원을 손절 쳐야 하는데, 자기 인생이 망가진 상황에서 그 요원이 뭔 짓을 할지 모른다.

단순히 일을 그만두는 문제를 넘어서 성범죄자는 애초에 사회적으로 취업 자체가 불가능하다.

아니, 취업이 문제가 아니다. 성범죄자는 정상적인 사회생활 자체가 불가능하다.

물론 지금이야 세뇌에 가까운 교육과 충성심 세뇌 때문에 입 다물고 있겠지만 몇 년 후에는 생각이 어떻게 바뀔지 모른다.

조직 내부에서도 충성심이 사라지면서 이권을 챙기기 시작하는데, 외부로 쫓겨가서 아무것도 못 하고 인생이 망가지는 상황에서 과연 국정원이 한 세뇌가 얼마나 유지될지는 알 수 없는 일.

그러니 국정원으로서는 어떻게 해서든 사건을 덮어야 했다.

"뭐, 그렇게 나온다면야."

노형진은 자신의 방식대로 국정원 요원을 대응하기로 했다.

"현재 대한민국 법원의 남성 혐오 문화에 대해 저는 아주 심각하게 생각합니다."

한마디 한마디가 대한민국을 뒤흔들 수 있는 노형진이라는 존재.

그 존재가 언론을 들쑤시기 시작했다.

"남성 혐오적 문화 말씀입니까."

"그렇습니다. 제가 당해 보니까 이런 남성 혐오적 문화가 너무 심해서 그냥은 두고 볼 수가 없더군요."

"당했다는 게 무슨 말씀이신가요?"

기자는 그 말에 고개를 갸웃했다.

세상에 어떤 미친놈이 다른 사람도 아닌 노형진에게 혐오를 드러낸단 말인가?

"얼마 전에 언론에서 대대적으로 터진 가짜 성기 몰카 사건 말입니다."

"아, 그 사건요?"

"그렇습니다. 그 피해자 중에 저도 포함됩니다. 하필이면 그 시간에 거기에 있었거든요."

'정확하게는 나랑 오광훈을 노린 거지만.'

하지만 범인은 그걸 말하지 않았으니까 당연히 불운한 피해자 중 한 명일 뿐이었다.

"그런데 말입니다, 한국의 재판부에서는 처벌을 꺼린다고 하더군요."

"진짜입니까?"

"그렇습니다. 만일 거기가 여탕이었다면 어땠을까요? 아마 대한민국은 뒤집어졌을 테고, 당연히 가해자에게는 전자발찌가 착용되었을 겁니다."

"그건 그렇죠."

"그런데 피해자가 남자라는 이유로 제대로 처벌을 안 한다? 이건 아니죠. 성범죄는 성범죄일 뿐입니다. 법의 어디에도 성범죄에서 남녀를 차별하라는 말은 없습니다."

"하지만 대법원에서는 성인지 감수성을 감안하여 판결하라고 하던데요?"

"성인지 감수성이란 피해자가 남자라면 처벌하지 말라는 뜻이 아닙니다. 피해자의 정신적인 영역을 감안하라는 거죠. 현장에 피해자가 거의 쉰 명입니다. 무려 쉰 명. 그중에서 단한 명도 합의에 이르지 못했고요. 그런데 소문으로는 재판부에서 처벌을 꺼린다는데, 이걸 전 한국 재판부의 남성 혐오적 문화 때문이라고 생각합니다."

그 말에 기자는 고개를 끄덕거렸다.

이런 이야기는 벌써 십수 년째 나오고 있었다.

실제로 여성 범죄자에 대한 처벌은 유의미하게 차별 소리가 나올 만큼 약한 게 사실이기도 하다.

남자 범죄자라고 하면 실형이 나올 상황이라고 해도 여성 범죄자라고 하면 벌금, 심한 경우에는 집행유예가 떨어지는 일이 비일비재하다.

"이러한 한국 사법 조직의 남성 혐오 문화를 두고 볼 수는 없습니다."

"하지만 처벌의 권한은 재판부의 영역입니다만."

"물론 재판에 압력을 행사하려는 것은 아닙니다. 그 대신 저는 피해자로서 다른 피해자들을 모아 규탄 대회를 열 겁니다."

"피해자들 다른 쉰 명 말입니까?"

"아니죠. 대한민국의 모든 남성이 대한민국 사법부의 남성 혐오적 문화의 피해자입니다."

쉽게 말해서 여론전을 하겠다는 선전포고.

"더군다나 이번 사건에서는 더더욱 그럴 수밖에 없습니다."

"무슨 말씀이십니까?"

"저를 비롯한 모든 피해자들이 자칭 국정원이라는 곳에서 연락을 받았습니다. 사건을 덮으라고요. 만일 이게 실제로 국정원에서 터치하는 사건이라면, 이러한 규탄에도 불구하고 정상적인 처벌이 이루어지지 않을 수도 있죠."

노형진의 이 말은 쉽게 말해서 '이거 처벌 안 되면 정치적인 문제'라고 못 박아 버린 거고, 그걸 알면서 재판부에서 사건을 덮는 것은 사실상 불가능하다.

"그렇게 되면 저는 한국 정부와 전쟁하게 되겠지요."

자신이 피해자인 사건을 정부에서 덮는다?

그러면 노형진으로서는 정부와 싸워도 되는 정당성을 인정받은 셈이니까.

"상당히 위험한 발언입니다만."

기자조차도 그런 말에 우려를 섞인 얼굴로 말할 정도로 강성 발언.

그런 기자에게 노형진은 차분하게 말했다.

"자칭 국정원이라는 놈들이 저를 협박한 순간부터 어쩔 수 없는 일입니다. 국정원에서 한 게 아니라면 가해자는 합당한 처벌을 받을 테고, 그러면 아무런 문제도 없겠지요."

노형진은 어깨를 으쓱하며, 그렇게 범인을 나락으로 밀어 버렸다.

⚖️

피해망상의 시대.

노형진의 표현을 빌리자면 대한민국은 딱 그런 시대였다.

"조금이라도 손해 보는 걸 못 참지. 그렇다 보니 황당한 일도 벌어지고."

과거라면 그냥 무난하게 넘어갈 일도 이제는 참으면 병신 취급이다.

인내하고 참으면 다른 사람에게는 '뜯어먹어도 됩니다.'라는 신호가 되어 버린 시대라고 생각하는 사람들이 넘쳐 난다.

"그리고 솔직히 남자들에 대한 처벌이 강한 건 수십 년간의 연구 결과 수차례 증명된 사실이고."

이건 대한민국 법원만의 문제가 아니다.

다른 나라들, 미국이나 일본, 유럽 등지를 봐도 모두 동일한 범죄를 저지른 경우에 여성의 처벌이 남성에 비해 훨씬 가볍게 나오는 건 부정할 수 없는 사실이다.

"물론 과거에는 이런 거에 대해 신경 쓰지 않았겠지."

하지만 이제는 시대가 바뀌었다.

증오의 시대, 혐오의 시대 그리고 피해망상의 시대다.

자신이 피해를 입는 것이라 생각하고, 그런 사람들이 모이면 권력이 되고, 그런 권력은 힘이 된다.

"물론 공식적으로 그런 자료가 있는 건 사실이지만 또 그게 대중에게 알려지지 않은 것도 사실이거든."

실제로 사법계에서 남성에 대한 차별은 만연한 게 사실이지만 누구도 신경 쓰지 않았다.

"하지만 내가 입에 올린 이상 이야기가 달라지지."

실제로 통계도 충분하고 정황상 의심스러운 상황이기도 했다.

"그러면 남자들이 모두 달라붙어서 물어뜯겠네?"

"맞아. 물론 남자들이 나서서 물어뜯는 걸 안 좋게 보는 사람도 있지."

오광훈의 말에 노형진은 어깨를 으쓱하며 말했다.

"그런데 내가 그런 데 신경 쓸 이유는 없잖아? 더군다나 내가 누굴 차별하자는 것도 아니고 말이지."

동일한 죄에 동일한 처벌. 그게 노형진이 주장하는 거다.

더군다나 노형진이 몸담은 새론은 의뢰인에 대한 동일한 대우가 기조인 회사. 전혀 문제 될 게 없다.

"하물며 나는 피해자란 말이지. 피해자가 나뿐만이 아니고."

무려 쉰 명.

범인은 아니라고 주장하고 있지만 애초에 다른 사람들이 안 찍힐 수가 없다.

일단 노형진과 오광훈이 어디에 있는지 찾아야 하니까 주변을 돌아다닐 수밖에 없었을 테고, 자연스럽게 남자들의 나체가 촬영되었다.

"그런데 피해자가 남자라는 이유로 성범죄자를 풀어 준다? 가뜩이나 엄청난 사법 시스템에 대한 불신을 더 키울 일이 또 있을까?"

특히 남자들은 사회적인 사법 시스템에 대한 불신이 심각하게 훼손된 상태다.

왜냐, 군대에서 사회라는 조직이 얼마나 부패할 수 있는지 온몸으로 체득하고 나오니까.

"그런 상황에서 누군가 총대를 멘다고 하면 안 싸울 이유가 없지. 이런 건 일종의 조별 과제 같은 거야."

"조별 과제?"

뜬금없는 말에 오광훈은 고개를 갸웃했다.

하긴, 그는 조별 과제라는 걸 해 본 적이 없으니까 아마 그 감정을 이해하지 못할 거다.

"마밀라피나타파이Mamihlapinatapai라는 말이 있지."

"그건 또 뭔데?"

"야간어라는 티에라델푸에고 제도의 언어인데, '꼭 해야 하는 일인데 나는 하기 싫고 누군가 대신 자원해 줬으면 하는 마음에 두 사람 사이에서 주고받는 미묘한 눈빛'이라는 뜻이야. 그리고 한국의 누군가 '조장 하실 분?'이라고 번역했지."

"그 조장이라는 게 어려워?"

"넌 조장을 안 해 봐서 모르나? 이렇게 표현하면 알겠네. 누가 총대 메고 감옥 좀 갔다 와라. 지원자 나와."

"아, 확 와닿네."

역시나 오광훈은 대번에 무슨 뜻인지 바로 알아듣고는 고개를 끄덕거렸다.

"그래, 그런 거지. 중요한 건, 지금 한국 남자들의 상황이 딱 그런 상황이야."

자신들에게 가해지는 사회적 불평등에 대해 불만이 없는 건 아니지만 직접 나서자니 부담스럽다.

게다가 한국은 남자가 뭐라고 하려고 하면 '남자가 쪼잔하게'라는 식으로 불만의 토로조차도 막는 분위기가 엄청나게 강하다.

당연히 그런 불만을 가지는 사람들이 넘쳐 나지만 대부분의 남성들은 여건이 안 된다거나 생활을 유지해야 한다는 이유로 입을 다물 수밖에 없다.

"그 상황에서 대놓고 불만을 이야기했으니 내가 일종의 총대가 된 거지."

"그리고 너를 중심으로 관심이 쏠린다?"

"맞아. 내가 전면에 나서서 이 사건을 이슈화하는 동안에는 국정원에서도 섣불리 덮으라는 소리를 못 해."

왜냐하면 대한민국의 절반이 자신을 감시하면서 불만을 가지고 노려보고 있다는 소리니까.

뭐든 은밀함이 모토인 자들에게 있어서 감시란 힘을 빼는 가장 강력한 수단이었다.

"그리고 다른 목적도 있지."

"다른 목적?"

"대한민국에는 말이야, 돈이 있으면 뭐든 해도 된다고 생각하는 놈들이 많거든. 그리고 나는 돈이 있는 사람이지."

노형진은 쓰게 웃으며 말했다.

"나는 필요하다면 대한민국 정부와도 싸우겠다고 했어. 그 말이 그 변호사와 판사에게는 어떻게 들리겠어?"

"그렇군."

분명 그들의 귀에는 '내 마음에 안 들면 기꺼이 너희 인생을 조져 주마.'라고 들렸을 거다.

노형진은 실제로 그래 왔으니까.

물론 자기 마음에 안 든다는 이유로 상대방을 조진 건 아니고, 그가 사회적으로 공공의 이익을 해치며 혼란을 야기하거나 변론하는 데 있어서 증거 조작이나 불법적인 방식으로 피해자에게 2차, 3차 피해를 주려고 하는 경우에 보복해 왔지만, 어찌 되었건 노형진이 보복했다는 사실은 부정할 수 없었다.

실제로 증거를 조작해서 죄를 뒤집어씌우고 자기가 승진하려고 했던 한 검사는 그 사건으로 검사직에서 쫓겨났는데, 심지어 로펌에서도 노형진이 두려워서 받아 주지 않고 재판에서도 그를 밀어줬다고 보복당할까 봐 전관예우를 해 주지 않는 바람에 줄줄이 패해서 결국 개인적으로 오픈한 변호사 사무실도 망하고 말았다.

그리고 결국 한때 부장검사까지 하던 인간이 지금은 고시원에서 살면서 하루하루 일당직 노가다를 하고 있다고 들었다.

문제는, 노형진은 그 정도까지 할 생각은 없었다는 것이다.

"두려움이란 그런 거지."

노형진은 진짜로 그를 쫓아다니면서 그렇게 망하도록 압력을 행사한 적이 없다.

사실 그가 검사로서 쫓겨난 거야 정당한 법적인 과정일 뿐이다.

그가 증거를 조작하고 자신의 승진을 위해 억울한 피해자에게 무기징역을 구형하면서 죄를 뒤집어씌우려고 했으니까.

그러나 다른 사람들은 노형진의 행동을 다르게 받아들였다.

기존의 법조계에서 그 정도는 얼마든지 서로 덮을 수 있는 문제였다.

그래서 그걸 덮지 않은 노형진이 두려웠고, 그 두려움이 점점 커져서 자신에게도 보복할지도 모른다는 생각이 들자 알아서 그렇게 행동한 거다.

"하긴, 두려움은 두려움을 불러오는 법이지."

자기를 두들겨 패는 것보다 옆에 있는 사람을 두들겨 패는 게 더 고분고분하게 만드는 방법이라는 걸 조폭 출신인 오광훈은 이해하고 고개를 끄덕거렸다.

"맞아. 난 정부와도 싸울 의사가 있다고 했지. 그러면 과연 판검사는 어떤 생각이겠어, 후후후."

사실 그 답은 뻔했다.

⚖️

"뭐? 무죄? 자네들 미쳤나? 노형진이 인터뷰한 거 못 봤어?"

"국가안보를 위해 필요합니다."

"뭔 개소리야! 한 적 없다며? 요원 아니라며?"

자신을 찾아온 남자들에게 판사는 길길이 날뛸 수밖에 없었다.

"무죄? 지금 실형 나오는 거 막는 것도 힘들어 죽겠는데, 무죄?"

"국가안보를 위해 필요합니다."

"지랄하지 마! 안보는 개뿔. 동네 생양아치라며? 그냥 남색가라면서? 무슨 국가안보야!"

"우리 국가안보를 위해 꼭 필요한 일입니다."

"녹음기냐? 고장 났어? 절대 안 돼! 이거, 나는 규정대로 전자 발찌 착용시킬 거야."

"다른 건 몰라도 전자 발찌는 절대로 안 됩니다."

감옥? 뭐 이런 죄로 감옥에 가 봐야 길어야 6개월이다. 그 정도면 세뇌를 유지할 수 있다.

벌금? 그깟 벌금 세금으로 내 버리면 그만이다.

하지만 전자 발찌는 안 된다.

그 시간이면 세뇌가 풀릴 테고, 사실을 떠들 가능성도 높아진다.

'특히 지금같이 위험한 시점에서는 더더욱 안 돼.'

일이 틀어지면 한둘이 죽는 게 아니다. 나라가 뒤집어질 거다.

물론 나라를 뒤집는 게 목적이기는 하지만, 뒤집어도 자기들에게 유리하게 뒤집어야 한다.

"절대로 안 됩니다."

"헛소리하지 마. 이건 못 막아."

판사도 바보가 아니다.

벌써 위에서는 지금 뭔 짓을 하고 있느냐며 길길이 날뛰고, 다른 사람도 아닌 노형진이 마이스터의 권력을 이용해서라도 보복한다는 식으로 언급해서 대통령조차도 사건에 관심을 가지고 있다.

그런데 그걸 깡그리 무시하고 국가를 위해 무죄를 선고하라니.

'누굴 바보인 줄 아나?'

판사로 승진하기 위해서는, 특히 국정원과 손잡는 판사가 되기 위해서는 정치 감각이 탁월해야 한다.

국정원에서 정치 감각이 없는 판사, 정확하게는 규정대로 하는 올바른 판사는 절대로 파트너로 삼지 않기 때문이다.

그랬기에 그는 지금 상황이 어떤 상황인지 알 수 있었다.

'병신 같은 새끼들.'

비인가 작전을 하다가 일이 틀어진 거다.

그리고 그게 대충 뭔지 알 것 같았다.

바로 민간인 사찰.

물론 불법이다. 과거에 홍안수가 그 짓을 하다가 박살 났지만 국정원에서는 여전히 민간인 사찰을 하고 있는 상황이다.

물론 걸리지 않았다면 문제가 안 된다.

하지만 걸렸고, 그 때문에 문제가 될 수밖에 없다.

"이건 절대로 못 막아. 그러니까 포기해."

그 말에 무섭게 판사를 노려보는 남자.

하지만 판사는 눈도 깜짝하지 않았다.

"왜? 나도 죽이려고? 죽여 봐, 이 새끼야. 내가 죽으면 대한민국 판사들이 가만히 있을 것 같아?"

판사들도 결국은 권력 집단이다. 그들도 상황에 대해 대충은 안다.

공안 판사들은 더더욱 그렇다.

그런 상황에서 자기네 파벌의 공안 판사 한 명이 죽는다?

아마 그다음 날 익명으로 국정원의 범죄에 대한 기록이 방송국과 언론사로 배달될 거다.

"후회할 겁니다."

"이미 하고 있어, 씨팔. 피해자 중에 노형진이 있었다면 알려 줬어야 했을 거 아니야!"

다른 사람들이었다면, 하다못해 오광훈만 낀 거였다면 어떻게 해서든 덮었을 것이다.

하지만 그중에 노형진이 있었고, 노형진이 전면에 나선 이상 덮는 건 불가능했다.

판사를 노려보던 남자들은 결국 천천히 밖으로 나왔다.

뒤를 따르던 남자가 조심스럽게 말했다.

"팀장…… 아니 선배님, 이거 어쩌죠? 이거 덮을 수가 없을 것 같은데……."

"전자 발찌 차면 사실상 용도 폐기인데……."

출근도 시켜서는 안 된다. 국정원 요원이니까.

그렇다고 경찰에게 '근무지가 국정원'이라고 할 수는 없지 않나?

"망할. 도대체 어떻게 걸린 거지?"

누구도 이런 방식으로 감시하는 걸 몰랐다.

현대에 나오는 카메라와 녹음기는 충분히 작아졌고 배터리도 작은 모델이 있기 때문에 이런 식으로 슬쩍 붙이고 목욕탕에 들어가는 건 어려운 일이 아니었고, 당연히 실리콘으로 처리해서 방수도 문제가 없었기에 누구도 그걸 의심하지 않았다.

누가 카메라를 들고 목욕탕에 들락날락할 거라 생각하겠는가?

물론 아무리 작아져도 원래 성기에 붙이는 식이니 당연히 거시기가 커질 수밖에 없지만 말이다.

하지만 지금까지 그 누구도 그걸 의심하지 않았다.

당연하다. 목욕탕에서 다른 남자의 거시기를 뚫어지게 보는 건 진짜 예의가 아니니까.

그런데 걸렸고, 결과적으로 일이 커졌다.

"철수 그 새끼는 아직도야?"

"네, 아직도 도망 중입니다."

"망할. 그 새끼한테 걸리면 안 되는 거였는데. 영희 년은?"

"그년도 여전히 어디에 박혀 있는지……."

"씨팔."

국정원 내부에 있는 소수의 신념파. 진짜로 국가와 국민에 충성하는 그들은 위험 분자였다.

하지만 꼬투리를 잡을 게 없어서 처분하지 못했는데 그게 일을 이렇게 키울 줄은 몰랐다.

"그 두 연놈들도 마티즈에 태웠어야 하는데."

하지만 주요 인력이고 블랙 요원 중에서 최상위급이라서 손대지 못한 게 실수였다.

"일단 계속 추적해. 그리고 나머지 신념파도 모조리 처분하고."

"위험하지 않겠습니까?"

"철수 그 새끼를 도와줄 수 있는 놈들을 막아야 해. 당장 처분 못 하면 어디 지방에라도 발령해서 보내. 아니면 해외로 내보내든가."

"알겠습니다. 그런데 그놈은 어떻게 할까요?"

"글쎄."

자기네 측의 충성하는 요원이기는 하지만 계속 쓰자니 이미 공개되어 버렸다.

아니, 공개되는 정도가 아니라 짐이 되어 버렸다.

"일단 당분간은 조용히 있으라고 해."

재판이 끝난 것도 아니니 당장 전자 발찌가 착용되지는 않을 거다.

'나중에 혼란스러운 틈을 타서 처분해 버려야겠어.'

팀장은 그렇게 본심을 감추면서 자리를 옮기려고 했다.

하지만 그다음 순간 자신에게 날아온 문자를 확인하고는 눈을 크게 뜰 수밖에 없었다.

"이게 뭐 하자는 짓거리야?"

"무슨 일이 있답니까?"

"노형진 이 미친놈이 압류를 걸었다는데?"

"네? 어디에요?"

"직장에."

국정원이 블랙 요원을 그냥 방치할 수는 없다. 일단 월급은 줘야 하니까.

그러나 그렇다고 블랙 요원에게 '국정원'이라고 계좌 이체를 해 줄 수는 없는 노릇.

그런 경우 보통 유령 기업을 만들고 그 기업을 통해 월급을 지급한다.

그리고 그런 유령 기업은 외부적으로 멀쩡한 사업체다.

즉, 이런 경우에 피해자는 가해자의 월급을 압류할 수 있는 존재라는 거다.

물론 아직 재판이 끝나지 않은 시점이기에 가압류이기는 하지만 말이다.

"끄응…… 회사에서도 일단 해고 처리를 해야겠군요."

가면을 쓰기 위해서는 다른 회사들과 비슷한 방식으로 대응해야 한다.

즉, 현재 상황에서 유일한 해결책은 회사에서 그를 해고하는 것.

그렇잖아도 불리한 상황이 더더욱 악화되어 가자 부하는 눈을 찡그렸다.

"문제는 그게 아니야."

"네?"

"이런 일이야 처음 있는 일은 아니잖아?"

겉으로 봤을 때 멀쩡한 일반 기업 직장인이기 때문에 실제로 싸움이 나면 종종 월급이 압류되기도 한다.

그래서 유령 기업의 월급을 압류하는 것은 딱히 처음 있는 일이 아니었다.

"진짜 문제는 지금 직장이 아니라 전 직장에 있어."

"전 직장?"

"전 직장에서 다른 피해자를 찾기 시작했대."

"그 요원의 전 직장이라고 해 봐야 결국 다 저희 쪽인데요."

실제로 증거의 인멸을 위해 계속 회사를 옮기게 하는 경우도 많으니까.

하지만 노형진이 말한 직장은 국정원에서 만든 그런 유령 기업이 아니었다.

"국방부…… 쪽이야."

팀장은 똥 씹은 얼굴로 말했다.

"머리가 아파 오는군."

국정원 요원은 어떻게 보충할 것인가?

국가에서 극비리에 움직이는 국가 정보 단체다. 당연히 강한 권력과 비밀을 가지고 있다.

그런데 그런 국정원 요원도 결국은 고용해야 하는 대상이다.

"의외로 첫 번째 방법은 그냥 취업이야."

실제로 국정원 요원을 신청하라고 한국의 유수 대학에 홍보하러 다니기도 하는 게 국정원이다.

물론 모든 대학은 아니고 진짜 능력자들이 모여 있는 대학이지만 말이다.

"그리고 그런 곳에서 고용된 요원들은 보통 내부직으로 들어가지."

머리를 써야 하는, 그리고 서류 작업을 하는 그런 직책으로 들어간다.

말이 요원이지 공무원 같은 개념이다.

비밀 작전이나 은밀함과는 거리가 먼 업무들을 담당하는 대다수의 요원들.

"설사 동원된다고 해도 보통은 컴퓨터를 이용한 감시에 동원되지."

"왜?"

오광훈은 그 말에 고개를 갸웃했다.

"기본적으로 운동이라는 것도 재능의 영역이거든. 너도
알잖아."

"하긴, 그건 그렇지."

다른 수많은 것과 마찬가지로 운동신경이라는 것도 결국
재능의 영역이다.

운동신경이 없는 사람도 노력하면 평범한 수준까지는 올
라올 수 있지만, 그렇다고 엄청나게 위험한 스파이 업무를
해낼 수는 없다.

특히나 블랙 요원의 경우는 더더욱 그렇다.

블랙 요원은 애초에 목적성 자체가 은밀하고 위험한 그리
고 더러운 임무에 투입되는 것이다.

그런데 그런 임무에 한국대나 대한민국 유수의 대학 출신
을 데려다가 쓴다?

그게 될 리가 없지 않은가?

머리로 할 수 있는 일과 몸으로 할 수 있는 일은 전혀 다르다.

"더군다나 그런 사람들은 공식적으로 지원하는 거라서 애
초에 블랙 요원으로 쓸 수도 없고."

국정원 요원이 되기 위해 원서를 넣고 시험을 보고 면접까
지 다 하고 들어온 사람들인 만큼 국정원에서는 뜬금없이

'그런 사람 없는데요.'라고 할 수가 없다.

"그러면 그런 사람들은 어디서 보충하겠어?"

"군대."

"정답. 군대는 사람을 보충하기가 너무나도 편한 곳이거든."

군인들에게는 기본적으로 충성심 세뇌가 강력하게 걸려 있다.

물론 대부분의 군인들은 업무가 귀찮아서 대충 시간이나 때운다. 설사 직업군인이라고 해도 말이다.

하지만 외부의 인사보다는 충성심에 대한 세뇌가 좀 더 걸려 있는 경우가 많다.

더군다나 그런 군인들 중 일부는 특수전 교육을 받으면서 아주 뛰어난 실력을 자랑하기도 한다.

그리고 바로 그런 극히 일부, 충성심이 아주 뛰어나고 실력도 뛰어난 사람들이 국정원의 타깃이 되는 거다.

그런데 의외로 그런 말에 혹해서 국정원으로 넘어오는 경우가 많다.

물론 국방부는 그걸 싫어하지만 막지는 않는다.

국방부와 국정원의 사이가 안 좋은 것은 정치적인 요인이 강한 데다가, 서로에게 아군이다 보니 국정원이 은밀하게 군인들 중에서 요원을 확보하는 걸 막을 수는 없기 때문이다.

그리고 국정원이나 국방부나 특정 정치 세력을 지지하는 입장에서 그들에게 공급되는 카드가 필요한 것도 사실이니까.

이것이法이다

특히 국방부의 기록은 기본적으로 기밀이고, 국방부 말고는 다른 곳에서 접근하기가 힘들다는 특성상 필요에 따라서는 삭제하는 게 어렵지 않았다.

그래서 국정원 요원 중 블랙 요원은 국방부를 통해 접근하는 경우가 많았다.

"이번에 우리한테 잡힌 놈도 그런 놈인 것 같더라고."

다행히 해외 작전을 하다가 걸린 것도 아니고 국내에서 국정원이나 국방부가 엮인 것도 아니기에 아직은 그에 관련된 기록이 삭제되지 않았다.

정확하게는 노형진이 먼저 국정원이라는 이름을 입에 올렸기 때문에 갑자기 그의 자료를 지우는 게 불가능해진 것이었다.

물론 노형진이 그의 국방부 근무 기록을 찾아보는 건 불법이기에 그걸 증거로 삼거나 무기로 휘두를 수는 없다.

애초에 그건 이번 사건과 관련이 없기 때문에 그걸로 항의하거나 떠들 수도 없고 말이다.

"하지만 그가 군대에 있었다는 건 심각한 문제지. 특히나 장교였단 말이야."

"그게 왜 문제가 돼?"

군대를 갔다 오지 않은 오광훈은 고개를 갸웃했다.

다시 살아나기 이전에는 전과 때문에 못 갔고, 다시 살아난 후에는 이미 병역 문제가 해결된 후였으니까.

"군 내부에서는 동성 간 성범죄를 아주 심각하게 받아들이거든. 실제로 국방부 내부에서 동성 간 성행위는 처벌 대상이야."

실제로 군대 내부에서는 동성 간 성행위가 알음알음 벌어지기도 한다.

그리고 국방부는 그 사실을 아는 순간 무조건 그들을 군법에 따라 형사처벌 한다.

세상 물정 모르는 인권위 같은 조직은 '시대가 어떤 시대인데 그걸 처벌하느냐.'라면서 처벌하지 말라고 하지만 현실적으로 보면 그럴 수가 없다.

왜냐하면 군대란 조직은 위계질서가 너무나 확고해서 내부에서 저항이 불가능하기 때문이다.

군 내부에서 동성 간 성범죄는 매년 벌어진다.

합의에 의한 게 아니라 진짜 계급으로 찍어 눌러서 저지르는 일이다.

군대에서는 부정하지만, 부정할 수 없는 게 현실.

오죽하면 해병문학이라고 비꼬는 글들이 인터넷을 메우겠는가?

심지어 그게 해병에서만 생기는 게 아니라서 문제다.

"범인은 군대에 있었지. 심지어 대위로 예편했어. 그러면 그 아래에 부하들이 얼마나 있었겠어?"

"어? 그러고 보니 그러네."

"그런 경우에 말이야, 그가 어떤 범죄를 저질렀는지는 피해자들만 알지."

물론 그가 정상적인 장교일 가능성이 없는 건 아니다.

애초에 현실적으로는 정상적인 장교일 거다. 왜냐하면 그는 동성애자가 아닐 테니까.

하지만 과연 주변에서도 그렇게 생각할까?

그가 성범죄자로서 군 내부에서 아래 병사들에게 무슨 짓을 했는지 과연 의심을 안 할 수가 있을까?

매년 수십 건의 동성, 이성 간 강간 사건이 벌어지는 군대라는 조직에서?

"군대에 다녀온 사람은 절대 그 말 안 믿을걸. 누가 한 말이 있지, 성범죄자에게 있어서 군대는 차려 놓은 뷔페라고."

물론 그건 틀린 말이다.

동성애 성향이 있다고 해서 다 군대에서 강간하는 건 아니다. 강간이나 성범죄라는 것은 애초에 그 성향을 가진 범죄자가 저지르는 거다.

하지만 군대라는 폐쇄된 그리고 권력적인 조직의 특성상, 문제가 터지면 심각하게 터질 수밖에 없다.

"특히 남성 강간 문제는 심각하게 적대적인 상황으로 인해 거의 고발이 이루어지지 않거든."

군대에서 이런 문제가 터지면 당연하게도 덮어 버린다.

가해자에 대한 처벌 이전에, 피해자에게 입 닥치라는 협박부터 이루어진다.

실제로 정치인의 아들이 군대에서 성범죄를 저질렀는데 깔끔하게 덮었고, 그는 나중에 대통령을 하겠다고 설레발까지 쳐 댔다.

"남자는 남자에게 강간이나 성범죄를 당하면 자신을 탓하는 성향이 있어."

자신이 약해서 당한 거다. 그래서 그 약함을 메꾸려고 한다.

미국 드라마에서 보면 수많은 범죄자들이 교도소에서 필사적으로 자신들의 근력을 키우는 모습을 볼 수 있다.

왜 그럴까?

실제로 그런 이유는 자신을 강간하거나 죽이려고 하는 놈들에게 저항하기 위해서다.

"즉, 외부에 드러나지 않을 문제가 있다는 거지."

물론 그런 일이 없어도 상관없다. 그가 어떤 사람인지도 상관없다.

중요한 건 의혹일 뿐이고, 군 내부의 성범죄에 대한 의혹이 터지면 이 문제는 국방부에까지 튈 수밖에 없다.

"어디까지 버티나 두고 보자고, 후후후."

⚖️

─시한원 이 개 같은 새끼. 너, 나한테 연락하지 마.

국정원 요원이었던 시한원은 여러모로 코너에 몰리고 있었다.

아직 얼굴이 공개되지는 않았다지만 이미 주변에서 대충 그에 대해 소문이 돌고 있었다.

사실 모를 수가 없었다. 언론에서 그렇게 난리가 났으니까.

당연히 누군가는 그의 신상을 털었다.

이름이나 주민번호 같은 예민한 문제는 새어 나가지 않았지만 아는 사람은 특정할 수 있을 정도의 정보는 새어 나갔다.

그리고 자연스럽게 주변 인물들은 그를 고립시키기 시작했다.

"아니, 오해야. 진짜 오해라고. 난 아무것도 안 했다고!"

ー아무것도? 아무것도? 미친 새끼야, 지금 그걸 말이라고 해? 미친 새끼. 어쩐지 날 보는 눈빛이 심상치 않더니만. 연락하면 뒈진다. 알았냐?

특히 격하게 반응하는 건 그와 함께 군에 있던 사람들이었다.

군대라는 특성상 함께할 경우도 많았고 같이 목욕하거나 하는 경우도 많았다.

그렇다 보니 서로 알몸을 보는 경우도 많았다.

물론 단순히 게이라고 했다면 이 정도로 극단적으로 반응하지는 않았을 거다.

하지만 단순 게이가 아니라 성범죄자, 그것도 동성 성범죄자라는 사실에 친구들은 하나둘 그를 떠났다.

"나는 아니라고! 야…… 야!"

시한원은 다급하게 소리를 질렀지만 이미 전화는 끊어진 상태였다.

그는 핸드폰을 바라보다가 자신도 모르게 버럭 욕을 했다.

"이런 씨팔!"

국정원에 들어갈 때만 해도 이런 일이 벌어질 줄은 생각도 못 했다.

국가의 명령을 수행하다가 죽을 수도 있다는 생각은 했다. 하지만 국가에 충성하는 게 자신의 의무라 생각했기에 받아 들였다.

그런데 현실은 국가를 위해서 죽는 게 아니라 자신에게 성 범죄자라는 낙인이 찍히는 거였고, 국정원은 그걸 막지 않고 있었다.

정확하게는 막지 못하고 있는 거지만, 그간 국정원의 힘을 봐 온 시한원에게는 못 막는 게 아니라 안 막는 것처럼 보였다.

"젠장! 젠장!"

점점 주변에서 자신을 고립시키고 있다는 현실이 그에게 지금까지와는 다른 고통을 주었다.

이미 친구들은 손절을 했다.

전화해 봐도 안 받고 톡을 보내도 읽지 않는다.

심지어 자신도 모르는 사이에 단톡방이 멈췄다.

안 봐도 뻔하다. 자신을 빼고 새로 단톡방을 판 거다. 쫓아낼 수는 없으니까.

그것만으로도 힘들어 죽겠는데 얼마 전에 회사에서는 자신을 해고 처리했다.

물론 국정원에서는 외부의 시선을 피해서 일단 그렇게 처리하는 거라면서 부족한 임금은 현금으로 지급하겠다고 말했지만, 중요한 건 돈이 아니었다.

자신에게 진짜로 성범죄자라는 낙인이 찍히고 있는데도 그 상황에서 벗어날 방법이 없다는 거다.

그나마 부모님은 연세가 있으셔서 자신이 특정될 만한 정보를 접하지 못하고 계시지만 수사가 진행되면 어떻게 될지 모른다.

"젠장, 젠장!"

완전히 고립된 상황.

그 상황에서 시한원에게 문자가 날아왔다. '내 사랑'이라는 이름.

그리고 그걸 보면서 시한원의 눈은 격하게 떨리기 시작했다.

"우리 헤어져."

날벼락이라고 해야 할까?

아니, 어떻게 보면 예견된 일이었다. 하지만 부정하고 싶었다.

"왜? 아니, 난 최선을 다했어. 내가 실수한 게 있다면 고칠게."

"실수? 지금 실수라는 말이 나와?"

한때 사랑했던 여자는 어느 때보다 차가운 눈빛이었다.

과거의 따스한 눈빛도, 애정 어린 손길도 없었다. 그녀의
눈빛에는 표독스러움과 배신감만 가득했다.

"나 가지고 노니까 그렇게 좋던?"

"뭐? 그게 무슨 소리야?"

"너, 게이라며, 이 새끼야."

"누가 그래!"

"뉴스에서 떠드는 성범죄자가 너라며!"

그 말에 시한원은 말문이 막혔다.

그건 부정할 수가 없었으니까.

"난 네가 진짜 건실하게 일하는 직장인인 줄 알았어. 그래
서 결혼까지 생각했어. 그런데 게이?"

"나 게이 아니야!"

"게이도 아닌 새끼가 가짜 거시기까지 달고 남자 목욕탕에
서 몰카를 찍어? 게이가 아니라고 성범죄자가 아닌 건 아니
잖아!"

"그게……."

말할 수 없었다.

국정원의 비밀 작전이었다고.

자신은 국정원의 명령을 받아서 비밀리에 두 사람을 감시한 것뿐이라고.

게다가 말해도 믿어 주지도 않을 것이다.

애초에 그녀는 자신을 그냥 작은 기업에 다니는 사람으로 알고 있지 국정원 요원이라는 사실은 몰랐으니까.

"내 친구한테 물어보니까 그러더라? 게이들 중에는 자기가 게이인 걸 감추려고 멀쩡하게 여자랑 사귀고 결혼하는 새끼들도 있다고."

"아니야…… 자기야, 진짜로 아니야."

"아니라고? 그런데 왜 그런 짓을 한 거야?"

"그게……."

"거봐, 말 못 하지. 날 그렇게 가지고 노니까 좋았냐, 이 개 같은 놈아."

여자의 눈에서 눈물이 흘렀다.

서로 사랑하던 사람이 사실은 사랑한 게 아니라 사회적으로 욕먹기 싫어서 자신을 사회적 방패로 삼았다는 사실이 그녀에게는 너무나 충격이었고, 배신감에 몇 날 며칠을 울었다.

아니라고 부정해 보려고 했지만 주변에서 혹시나 하고 오는 연락을 종합해 보면 누가 봐도 시한원이었다.

"우리 다시는 보지 말자. 연락도 하지 말고."

"자기야!"

"자기라고 하지도 마. 구역질 나니까. 이제 안 봤으면 좋겠어."

그녀는 거기까지만 말하고 자리에서 벌떡 일어났다.

"이 순간부터 남남이니까 내 건 내가 계산하고 갈게."

뒤도 돌아보지도 않고 떠나는 그녀의 모습을 보면서 시한원은 정신적으로 무너지기 시작했다.

만일 작전 중에 잡혀서 고문당한 거라면 버틸 수 있었을지도 모른다. 이미 그런 상황에 대비해서 훈련받았으니까.

하지만 사회적으로 자신이 부정되고 고립되는 형태는 겪어 본 적도 없고, 국정원에서 대처하는 법을 알려 준 적도 없었다.

"내가…… 뭐 때문에……."

시한원은 자신도 모르게 그렇게 중얼거렸다.

그렇게 시한원의 정신은 천천히 무너지고 있었다.

다음 권으로 이어집니다